LOCUS

LOCUS

catch

catch your eyes ; catch your heart ; catch your mind......

Catch 238

貓天下
Cat, Cat, Cat……

心岱 / 著
葉懿瑩、薛慧瑩、達姆 / 繪圖

編輯：連翠茉
校對：呂佳真
美術設計：許慈力
攝影：盧紀君、李初工作室

出版者：大塊文化出版股份有限公司
台北市 105 南京東路四段 25 號 11 樓
www.locuspublishing.com
讀者服務專線：0800-006689
TEL：(02) 87123898
FAX：(02) 87123897
郵撥帳號：18955675
戶名：大塊文化出版股份有限公司
e-mail:locus@locuspublishing.com
法律顧問：董安丹律師、顧慕堯律師
版權所有　翻印必究

總經銷：大和書報圖書股份有限公司
地址：新北市新莊區五工五路 2 號
TEL：(02) 89902588 (代表號)　FAX：(02) 22901658

初版一刷：2018 年 4 月
定價：新台幣 380 元

ISBN 978-986-213-876-2　　Printed in Taiwan

貓天下

Cat, Cat, Cat……

心岱—————————著

葉懿瑩、薛慧瑩、達姆———繪圖

貓國的大千世界

愛貓的父親,把領養自鄉下農家的貓交託給我,那年,我六歲,沒人教我怎麼照護這剛離乳的幼小生命,我卻彷彿天生的保母,自此與貓結緣了一生一世。

不僅跟貓同居,我還收藏貓逸品,清貧時代的早年,台灣很少有這類溫飽之外的玩意,偶然發現,大都屬於昂貴的舶來品,擺在委託行黯淡的櫥窗裡,向我召喚,當時沒有能力擁有它的我,只能一趟趟悄悄靠近窺望,於是更立志研究貓美學,蒐集貓大千,創造自己的貓國世界。如今,在以貓為題的藝海中,不知不覺已經沉浮了大半生;十八年前,出版第一本收藏之書《貓咪博物館》(2000 年,城邦貓頭鷹版),收錄了四百件精品,那算是我青春階段尋尋覓覓的成果,之後,台灣經濟起飛,隨著世界的思潮,社會湧現了懷舊與前瞻兩股力量,科技化則朝著地球村、國際化的人類文明大融合……時代改變了,創作更獨立自由、工藝更精益求精,這期間我遍歷異鄉異國,從愛物中了解各地民情軼事,感受風俗文化的美學表現。

隨著收藏數量的激增,我自己也走過了哀樂中年,陸續有五本相關典藏

的散文著作問世；當網路興起，購買逸品相對容易簡單，但我仍堅持要親臨現場的尋覓發現，才是收藏的意涵與樂趣，因為收藏並非物品的「交易」而已，它是自我對話，營造無與倫比的浪漫情境。儘管在收藏領域，我還是門外漢，我沒有父親的專精與學問，但是收藏激化著我的創作，寫的雖是愛物故事，卻字字句句都註記著人生歲月。

我的收藏癖好，除了因為「貓」，大部分應該來自父親的遺傳，父親經營布莊生意，在光復前後，經常出入唐山與東洋，批貨之外，帶回家的不是瓷器就是書畫，在那個稱「玩物喪志」的往昔，喜歡奢侈品是有罪惡感的，不是文人的父親，卻獨愛文房四寶；不是富豪的他，偏愛研究明清瓷器。凡是四時節慶，廳堂的桌案就會擺出青花、鬥彩的瓶罐、碗碟等古董，一幅幅的水墨也懸掛在壁上，宴客之後，這些被邀請的鎮上士紳、文友，就會與父親一起觀賞與談論，甚至吟詩唱曲。

這些情境、軼事都是聽兄姐描述的，由於我是家中老么，等我懂事時，與父親的親緣竟是到了他變賣收藏以養病的時候，過去的榮光一去不復返，值錢的古董名作一件件流失，曾是雅士的父親，頹喪的被賤價出售

的屈辱擊倒，無助的母親安慰他：「還好，有這些東西可以支撐一陣子。」
但是父親卻流淚嗚咽了，他或許為著目標的追尋折損健康而悔恨、或許
為著愛物不惜耗費家產而心痛，這些遺憾相對擁有它們時滿溢的愉悅與
幸福，究竟何者才是價值的真相。

我唯一與父親共處的時光，是為他揮毫習字前的準備儀式：鋪紙、磨墨、
洗筆……當時少小的我，沒有耐心，也嫌煩；父親專攻隸書，常有人來
求匾額的題字、慶典的喜帳、對聯，當他營生的出差歸來，總有幾天會
排除工作，待在案頭寫字閱讀，這時刻，我會被指派陪伴在側，父親平
時極為嚴肅，除非他要為兒女們開講筆墨與書法的學問，當他津津樂道
的展示文房收藏時，就像玩具在手的孩子，變得親和與慈祥，可惜，姐
姐們都逃之夭夭，我則瞌睡蟲上身。

父親臥病末期，每天的活動就是習字，我照例為他磨墨，這一年我十五
歲，漸漸能揣摩出他對我說過的話：書法也有人的喜怒哀樂，妳看出來
了嗎？我終於看到了蘊含於筆觸中的父親內心，有喜悅、有憤怒，更有
無盡的悲慟。即使此刻我能與他分享或分憂，也都遲了，父親註定一生
寂寞，因為他是個收藏家，愛物就要甘於面對孤獨，愛物的執著是同時
咀嚼歡喜與苦澀，是痛快追尋也是決然自囚。

早逝的父親，一定感到愛物之極其實就是「枉然」。經過了各個階段來
到現在的我，貓收藏已超越了「物質」，各個都活化有生命，飽含了我

不死的熱情，儘管我也明白終究有枉然的一場空之境界，但天真卻使愛持續發燒，讓我用文字開設一座貓咪博物館吧，無時無刻念想著貓、貓、貓……呼喚天下之貓，把收藏逸品貼近的呈現給讀者大眾。

《貓天下》的出版，承蒙葉懿瑩、薛慧瑩、達姆三位插畫家的協力，她們從繪畫的觀察與視角，另類表現出「貓與收藏」概念的延伸與傳承，使這本貓國的大千世界增添了不一樣的光彩。

目次

貓妮

「今年貴庚?」昔時問人歲數是初次見面的寒暄,並不失禮。「我
屬貓。」聽到這樣的應答,就表示此人不願透露年齡,而以幽默
帶過,讓彼此心知肚明,不必再苦苦追問。

十二生肖為何缺貓,根據古早民間那些流傳的故事版本,不是把
貓形容成傲氣、偷懶之輩,就是輕敵吃悶虧的傻瓜。失去列名機
會,慘遭出局的貓,真的有懊惱悔恨牠的失算嗎,從後世科學研
究貓的個性來看,貓壓根兒不喜歡群聚生活,獨來獨往的貓,有
自己的思考與盤算;對玉皇大帝生肖的招生,貓本是嗤之以鼻,
毫無興趣,但礙於不影響其他動物的競爭力,寧願求敗以躲過桂
冠的榮光,世俗的一切紛擾或虛榮,在貓眼裡都是不屑一顧,貓
追求的境界是風一樣的自在,雲般的輕鬆。

台灣俗諺說:「貓來富,狗來起大厝。」貓會帶給人大富大貴,
因為貓會遏止老鼠的猖狂,守住米糧,「好貓管百家。」說的是
一戶人家有一隻貓,百家沒有老鼠作祟;而狗的顧家本領,更延
伸到給人蓋大房子的機運,因為狗看家,不讓宵小得逞,即便現

可愛的貓咪,台語稱「貓
妮」,十分切合對貓的
想像。

代生活，已經不需貓管米倉、狗看門，但是貓狗反而晉升成家中寵物，成了人類無可或缺的伴侶。

回顧農業時代，貓狗的貢獻不下於勞動力居冠的牛，可惜台灣文獻中，對於貓的記述不多，根據歷史學家莊永明老師說，只有幾本史籍中有過記載，如：清乾隆年間朱景英在《東海札記》提及台灣「番貓」：「番貓較家貓肥澤，而尾甚短，捉鼠亦捷。」清光緒年間《台陽見聞錄》有記瑯嶠的貓：「瑯嶠（屏東恆春舊名）山生番所居產貓，形與常貓無異，惟尾差短，自尻至末大小如一，咬鼠如神，又名番貓，頗難得。」

《恆春縣志》也有一則貓的紀事：貓：「名狸奴，毛五色俱可，善捕鼠。《埤雅》曰：貓目，旦暮月晴皆圓，及午即斂如線。其鼻端常冷，惟夏至一日煖；蓋貓陰類也，故其應陰氣如是。」又按：「貓睛一紅一碧者，謂之日月眼，品最貴。」

「狸奴」的稱謂來自《韻府》：「貓本狸屬，故名狸奴。」，《埤雅》：「鼠害苗而貓捕之，故字從苗。」《本草綱目》：「貓有苗、茅二音，其名自呼。」在《正字通》：「家貓為貓，野貓為狸，狸亦有數種，大小似狐，毛雜黃黑，有斑如貓，圓頭大尾者，為貓狸，善竊雞鴨。」清代《貓苑》作者黃漢說：「俗謂闊口者為貓，尖嘴者為貓狸。」

從以上這些古籍看貓的文獻記載，都脫不了以形論物的觀點，貓被視為與形貌相似的狸或狐，有稱狸貓，有稱貓狸，是似而非，當時科學不彰，還不知貓來頭真不小，虎獅豹這些大型動物都屬「貓科」，貓在宇宙生物中，就獨佔了一科，不在十二生肖之列，卻偏偏很多人喜愛自居「屬貓」呢。

現代人暱稱貓為「貓咪」，《台灣話大辭典》的作者陳修先生，將台語的貓咪定字為「貓妮」，無論從字義或音義，都十分切合對貓的想像，是絕佳又絕妙的名稱。

貓式的變體

瑜伽有一「貓式」動作，是模仿貓睡醒的伸懶腰，前肢伏地往前伸直，後肢挺高拉長背脊，全身看似靜止在這優美曲線中，但內裡卻是陣陣波浪衝擊與力道競合；感受呼吸的韻律節奏、體現身軀伸展的收放極限，貓最懂得其中三昧。佛經的《上語錄》指出：「貓命有九命，係：通、靈、靜、正、覺、光、精、氣、神。」這九命相對的也意指貓內涵孕育的九種能量所衍生出的「隱、現、藏、變、瞇、沒、閃、顯、摸」特異功法。因此，「貓式」其實不指單一動作，有的派別甚至認為是瑜伽的同義詞。

收到友人的新年禮物，竟然是三隻來自大陸景德鎮出品的瓷器「瑜伽貓」，意外的是它們皆一反「貓式」，各個都是變體，其中前臂撐起鎖住肘關節的全伸展，是以「海豹」為樣，「靜坐」的兩款，一為「如意坐」，一為「單跏坐」，如意坐就是「散盤」，貓學人交腿而坐，雙手結大蓮花印；單跏坐則是單盤，不僅上半身直立，雙手且舉高於頭頂合掌。

無論哪一種盤坐，都能使身體穩如泰山，不會前傾後倒，腰背不

貓式瑜伽，以「如意座、盤腿式、海豹形」三款博得人們會心一笑。

必費力便能輕鬆豎直，心也會立即平靜下來，當然，初學者要忍受盤腿的痠疼，據說這痠疼能刺激大腦分泌對身心有益的腦內啡，兩腿受姿勢影響阻礙氣血循環，也有利於內臟的行血功能。「福慧兩足尊」，就是修行人盤腿靜坐追求的目標。

這是人的靜坐體會，不知這三隻瑜伽貓是否進入冥想境界，貓身幻化為人身，除了貓頭、尾巴與四足，這些「貓樣」，雖然製作細膩但終究過於具象模擬，失去想像空間。為了凸顯貓臉神態，圓滾滾的眼睛，與闔眼靜坐有所出入，貓的四肢比例也不科學，說它們是貓，不如說換了「貓頭」的人而已，不過，這個幽默畢竟也是商機。

瓷器古都景德鎮現在除了傳統的盤碗、花瓶等實用產品外，也朝藝術、玩賞類大展鴻圖，尤其進駐了大學生，在當地創作生產，吸引年輕的觀光客。這變體的瑜伽貓創意確實讓人驚豔，無論它還有諸多不足之處，卻也量產上市，可見受到歡迎的程度。

以強調全身伸展的貓式瑜伽，像海豹又像人魚。

哲貓

唯我獨尊、高高在上、睥睨眾生，全身空白、面無表情……這是
我給予這隻既抽象又具象的精瓷貓偶的詮釋。

它們原是一對，就像攣生的雙胞胎，我封它們一是「智慧貓」一
是「哲學貓」，是我最早的收藏逸品，由於身形獨出，充滿無言
的魅力，每次有展出，他們總是被挑中，雖然很擔心易碎的材質
在運送過程風險很大，但總熬不過主辦單位的青睞，還是讓它們
雙雙擔任貓大使。

不料，一九九九年四月「台灣貓節」的展出中，智慧貓竟不翼而
飛。孤單了的哲貓，依然面無表情，沉默不語，當年九二一大地
震，收藏的櫃子倒地，他更意外的躲過浩劫，毫髮無傷，安慰了
我失落的沮喪。在得失之間，它的存在，拂去了我耿耿於懷的遺
憾，教我看待無常即日常的深意，學習面對有與無的虛空境界。

純白一片虛無，更顯得貓的無為境界。

黑貓精神

十九世紀的巴黎，曾有一隻貓影響了當時的藝文界，它就是法國畫家史坦林（Théophile Alexandre Steinlen ，1859-1923）筆下的「黑貓」（1895），這幅畫作歷經了一個多世紀，不僅出現在書籍、海報、明信片、卡片這些紙製品，還經由布料、服飾、生活雜貨、日用品等等的翻印，紅遍了全世界。從過去到現在，沒有人知道它的名字，只是從畫中圖樣稱為「黑貓」。

史坦林生於瑞士，後來到法國學習織物設計，意外的在雜誌上發表「插畫」，而成為知名插畫家；貓是他作品中的核心主題，他所畫的貓都是以巴黎街頭巷尾的貓為原型，這些自由出沒、四處覓食的流浪貓，本是沒有人會注意的生物，畫家卻讓牠們「不朽」；在尋找畫貓題材的過程中，史坦林因而更認識了窮人生活的真貌，他把這些社會現實融入貓的畫中，用他獨特的筆觸觸動了大家的心弦。

這幅黑貓圖可以說震動了當時巴黎文化界，有一本文學雜誌就以「黑貓」命名，這本雜誌的撰稿人都是像雨果（Victor M.

史坦林的傳世之作「黑貓」（1895 年），翻印在馬克杯子上。

Hugo）、龔古爾（Edmond H. de Goncourt）這樣的大文豪，還有如古諾（Charles-François Gounod）和馬斯奈（Jules Émile Frédéric Massenet）的音樂評論家，史坦林理所當然成為該雜誌的固定插畫家。

「黑貓」不只引起平面媒體重視，藝術界的詩人、畫家、歌唱家、音樂家，更興起以「黑貓精神」來表達思想，他們聚集在命名為「黑貓」的酒館，交談、演說、議論、吟唱、聽樂，表現出藝術家的不羈與豪放。

有如剪影的曲捲貓書籤。

掛金鍊的平面貓書籤。

史坦林畫裡的貓，有的高傲、有的溫馴、有的粗暴、有的婉約可人、有的漫不經心，在他心中，貓既不是天使也不是魔鬼，而是天使與魔鬼的綜合體，集兩者優缺點於一身，他並沒有將貓美化或醜化，有時候貓的眼神是無情的，如打破金魚缸場景，但也有送暖解人的時候，如依偎在被趕出租屋的瑟縮小女孩懷抱中，這些畫面都與史坦林看待社會的角度不謀而合。史坦林的貓畫不僅傳世千古，這些畫作甚至影響了布拉克（Georges Braque）、畢卡索（Pablo Ruiz Picasso）兩位當時的年輕畫家，可見「黑貓精神」並非一時的風潮而已。

直至今，都還可以看到很多作品受到其潛移默化的影子，如我最近收藏的「書籤」，有如剪影藝術的曲捲貓，隨意搭成各種圖形，還有掛金鍊的平面貓，想來無不受到史坦林的「黑貓」靈感。

貓的生活

三步五步就會路過 7-ELEVEN，少不了要探望一下那些扭蛋台，
有的擺放在大門邊，有的直接就設在騎樓走道，機台上張貼了更
新的小海報，眼光隨意掃一遍，就知道荷包是否又要失血。

九十年代末期，常看到朋友託人從日本買食玩，當時看到這種袖
珍模型，不覺得有什麼稀奇，不料千禧年後，一種放在蛋形塑
膠殼中販賣的玩具，以成套系列的主題方式製作其單件，置放於
「扭蛋機」中，由消費者投幣後轉動扭把，塑膠蛋便自動落下；
這種內藏食玩在蛋中的玩意，在台灣大肆流行，其中，寵物主題
更造就了不少「收藏迷」。

我會成為「扭蛋迷」，當然因為「貓題材」的收藏，然而，扭蛋
無法被「揀選」，只能聽令「運氣」，這種「隨機」遊戲，就像
人生，有時星星有時月亮，不知道落下的蛋中，是不是你想要的
食玩，充滿了期待的落空與驚喜。

於是，另外一種「盒裝」的食玩推出後，似乎敉平了上述的忐忑

專注忘我的看書三色貓。

不安，這種把全套系列整合在一個大盒子出售的形式，滿足了收藏者一次全到手的樂趣。有人稱之為「盒玩」，盒玩的塑膠材質一般比扭蛋高，設計也更精良。

圖中這一組「貓的生活」，是日本造型作家朝隈俊男所設計的作品，以人模人樣的姿勢、動作、神情、臉容，刻畫纖細的皮毛、色澤，並配合各種栩栩如生的道具，表現出貓令人莞爾的貓生活。

這組盒玩共有六隻一套，專注看書的三色貓，旅行中打手機的白貓與黑貓，正在烤魚午餐的美食貓，還有吟詩自樂的虎斑貓。

貓的文明生活悠然爾雅。

貓派

遊戲與睡覺是貓的兩大天職，沒睡飽，貓顯得無精打采，沒玩夠，
貓心情煩悶。

家貓的天地不如牠祖先生活的叢林野外，所以對於「遊戲」，貓
的定義很簡單，不是玩具，而是主人。需要主人陪玩，才算是「遊
戲」，如撿紙球，必須主人丟出紙球，貓才會興高采烈的去叼回
來。而且一次又一次，只要主人不歇息，貓就會瘋狂的追撿，以
熱情回報。

貓認為主人陪玩，等同餵食與清理砂盆一樣，是應盡的責任。所
以若見主人只愛上網，當然很受挫。但通常，主人無論丟紙球，
或其他玩意兒，大都三兩下就嫌煩叫停，讓貓十分洩氣，他們只
好委屈的靜坐打盹，其實此刻貓正陷入緊張與壓力的泥淖，久而
久之便逐漸失去了天真的本性。

雖然，貓沒有對手也能自得其樂，牠們擅長分飾兩個角色，眼中
並存著獅子與羚羊，時而是追逐的暴力份子，時而是被征服的投

降者。在遊戲中，貓學習著各種對付挑戰的方法，牠是出題老師，也是應試的學生。

對於人來說，玩樂一如運動，有助於紓壓放鬆，促進健康，你也許有許多理由拒絕貓的邀請，但不要忘了，遊戲的反饋往往是「自知」，讓人在遊戲中，發現平常思考與反應的習慣，而習慣則是一種窠臼，是不是該突破與超越了？
貓派的意識型態就是「遊戲人間」，主人最好隨之起舞，讓貓盡情盡興，完成生之使命。

箱座貓

貓的皮毛，是一襲訂做的貼身服裝，牠們全身的機關都被這件皮草所覆蓋，當遇到攻擊時，柔軟的皮毛瞬間變成鋼鐵甲冑，可防水、禦寒、控制體溫，更是一張全方位的訊息系統網，操控著貓的行為能力。

比如說，家貓對於溫度的苛求，雖然身上有保暖的皮毛，但還是怕冷，貓最愛到窗口曬太陽，他們先是以「箱座」的姿態，就是把四肢摺縮成四個基礎點，使身體形成長方箱子的模樣，求其穩固、牢靠，讓陽光從上而下的照射。貓背是護衛身體的盔甲，也是安全感的來源，當人手撫摸貓背時，貓會感知來者的善意與否，每一根貓毛都是傳遞訊息的神經，尤其是背上的毛，更能反射遭遇威脅或受敵的本能。

仔細觀察貓的「箱座」，牠把自己當成一個 BOX，四四方方、厚厚實實的盒子或箱子，有別於貓原來的圓巧與流線，這時候，貓通常在期盼著什麼，但又並不很在乎，等著等著難免要打個盹，那就不如先小睡一番吧。安穩的四方箱子，彷彿一艘太空

坐有坐相，一尊尊的箱座貓，不動如山。

船，無重力的飛翔或著陸，看牠們把前足勾成兩個半圓，或交叉互搭，形成只有舞蹈家才表現得出的優雅美姿，這個姿勢對貓來說，其實也是鬆懈的表徵，因為若有突如其來的意外，壓藏在肚腹之下的後肢是無法立即彈跳反應的，可見箱座是貓對周遭現況經過判斷後的選擇，看似正襟危坐的模樣，實則是貓給自己打造的浪漫夢舟。

隨著貓背享受了足夠的溫度後，貓會拆解箱座，改為緊緊團抱的
圓融之姿，也就是側躺，將四肢與軀體捲起圍成一個密不透風的
圓圈。再則，當貓感覺幸福時，更不再有任何警戒，會慢慢的把
圓圈放鬆，讓腹部也承受溫熱，直至身體打橫，或乾脆翻出肚腹，
四腳朝天的在夢中雲走。

我收藏很多隻箱座的貓，大都是手工木刻的逸品，儀態大同小
異，神情卻各有千秋，職人賦予這經典的箱座貓，其實更是貓相
之外的意念。

無盡藏

請伸出你的手,摸摸貓的身體吧,無論花色或質地都不遜於精品店昂貴天價的皮草,光滑、柔軟、溫暖的觸感,以及一雙閃爍鑽石光芒的眼睛,貓的全身上上下下裡裡外外,散發著不可思議的魅力,使你情不自禁的渴望擁牠入懷。

貓的體型不大不小,與嬰兒相當,抱在懷裡,對人類來說,不僅有飽實的滿足感,貓捲曲而臥的形態,更是人類潛意識裡要回到子宮初生境地的憧憬。有人說:擁貓入懷,勝過珠寶在庫。也有人說:擁抱貓,是人生最美時。更有人表示:天堂永遠不是天堂,除非我的貓在那兒歡迎我!

我收藏的貓物中,數量多且廣泛的,要數「瓷器」逸品,尤其是一尊尊四肢並攏、背脊挺直、尾巴收捲、正面或回頭的經典造型、宛若雕塑藝術品的「立姿」貓,無論遠看近瞧,都像畫中「靜物」。我常把牠們齊聚一堂的擺放,希望聽聞貓們的絮絮私語,可是,不然,現代寵貓難得會喧嘩,縱使向主人討愛撒嬌的貓,也都半緘默寡言,牠們少小便強制性的接受閹割或節紮,原始基因早已被削弱了,就是這些逸品貓,也隨著人類文明的進程,無

眾貓沉默以對,卻渲染了一室的禪意之美。

法恢復自然真貌了。

儘管時空改變，貓卻始終保留了冷漠、孤獨、倨傲的獵者本色，還兼具自在、優雅、圓融、尊貴的氣質，貓的風格總是挑起人們對高深莫測、無法掌握的愛恨交集，然而，愛貓人從貓身上觀察、學習、體會出的心得，一直成為美學研究的標竿。

五千年前的農業時代，人類就開始與貓共同生活，儘管現代，貓扮演的角色已從捕捉危害農作物、傳染病媒的老鼠之專家，變成豐富人類日常生活的寵物，但人類對貓的情愛仍然充滿功利主義，尤其在新世紀的今天，貓正是人際過度頻繁、又絕對疏離的都市環境中，人類唯一可信賴的親密伴侶。

沉默、定靜而立的貓，從不被任何框架所圈套，無論牠們生在什麼時代，或被人擺放何處，牠們都像禪語所言「無一物中無盡藏」，輕鬆、自在、適意、不算計、不外求……可以說，貓相對於人類執著的煩惱，就是「放下」的明鏡，學習貓空無一物的意念，欣賞貓始終如嬰兒的初心，廢話少說，掃除囂聲……自然耳清目明，擁有無窮無盡的能量。

從前，以後

這張照片裡的兩隻貓，是我收藏的抱枕貓，有一陣子流行將動物形體印刷在布料上，裡面填滿棉花，可當作擺飾、靠墊或抱枕，是家飾店裡很搶手的「居家軟件」。

看起來很立體，抱起來更充滿想像，但我所收藏的這些布貓並非直接翻印真貓照片，而是繪畫作品，雖然一筆一畫都因細膩而有擬真的效果，但還是與實體貓有所距離，這距離其實就是創作所產生的藝術之美，別具個性的風格，讓人不禁怦然心動。不為家居之用，我為的是典藏，可是沒有收納空間，只好隨意擺放在沙發上，這一隻隻布貓忽然像活了起來，有的互相倚靠，有的殷殷相望，有的各據一方，有的閉目打盹，有的甚至想跳下來玩躲貓貓……於是，沙發變成了貓國樂園，我拿出相機，不經意的按下了這鏡頭，兩貓有如舞台上的主角，光輝燦亮；更像婚禮中互道盟約的一對，天長地久；然而，我心所屬，卻是「從前到以後」的不朽傳說。

沒有景深的這張照片，牆壁、貓、沙發、椅墊，四個元素組合的

魔幻之色的布貓，營造了羅曼史傳奇。

構圖，看似平淡無奇的畫面，忽然，彷彿打翻顏料盒，五色七彩的繽紛魔幻起來了。這是瞬間成永恆，貓的紀念照。貓不僅有道家的狂傲與自在，貓更是天生的情人與聲樂家。當貓要向大自然歌頌愛情的死心塌地時，便唱著高亢的夜歌，時而天崩地裂、時而柔情寸斷的表現出詩人才可能吟詠得出的情調。

貓，平常很冷靜，很沉著，但戀愛起來，什麼都不怕，什麼也阻攔不了，你不讓牠外出求偶，牠就從傍晚到天明，隔窗呼喚，一日、一週、一月，直到你投降開門。雖說，貓與人的關係，比貓與貓之間還要緊密、深厚，但這張紀念照的畫面卻告訴我，貓的羅曼史，貓的愛情故事，感天動地；我傾聽從前、體會以後，成為貓最忠實的信徒。

不問世事的慵懶貓

當貓定靜的端坐下來，把一隻爪子搭在頭上，就表示牠要開始每餐後例行的淨身儀式了。

先用口水沾溼手肢的前端，仔細梳理臉容五官，之後用舌頭舔遍全身上下的皮毛。貓不惜花費十來分鐘，每天重複著這動作，如同《朱子家訓》第一句：黎明即起，灑掃庭除，要內外整潔。貓愛乾淨的說法，大家都認同，可是在十五世紀的西方，人們卻有另外的觀察：貓坐在窗邊曬太陽時，牠把爪子搭在耳朵下面，那就表示這一天會下雨……

無論是征戰不歇，或是遠洋貿易的大航海時代，貓一直是海運船上不可或缺的守護神，不僅防疫、照顧儲糧，更是氣象變化預測的指標，何時颱風來襲、何時有暴雨、響雷、地震，甚至火山爆發，貓對於自然現象的強烈直覺，都令科學界感到不可思議，雖然人們有時會誤判貓所傳達的資訊，但就像精密的設備，也會出現偏差一樣，貓的第六感，可說如同晴雨錶一樣可靠，尤其對於地表震動、靜電、磁場變化的感知能力，要比人類敏銳多了。

青花茶葉罐上的黃虎斑。

在民間更是流傳著從貓動作證明天氣的好壞，如果貓打噴嚏，表示待會要下雨；貓打呼，表示將有糟糕的天氣出現；貓常背對火爐洗臉，預測今年冬天非常寒冷；貓搔耳朵後面，表示天要轉晴了；貓用爪子摩擦地板，表示風暴即將來臨，貓看起來焦躁不安，代表要起風了……這些信仰說明了先人早已是動物行為學的先驅，把貓當作家中的氣象先生，一點都不為過。

淨身儀式完畢，貓接著就要前往太虛雲遊，貓是做白日夢的始祖，只要闔上眼睛，隨時都可打盹，進出第四度空間。貓的睡姿，也與屋內氣溫有所連結，如果身體蜷縮成一團，表示屋中溫度較低，如果全身伸展開來，那說明溫度比較高，牠要透過吸收地面

睡到天荒地老的木刻貓。

茶壺的保溫套被。

的涼氣幫助降溫，基本上，貓怕冷是普遍的說法，尤其幼貓需要緊緊躲在母貓懷裡，但成貓個性獨立，不見得為了熱源而跟其他貓簇擁而眠，牠寧可自成圓滿，把最柔軟的皮毛化作安全盔甲，用最少的能量點燃一座爐火。因此，睡貓雖然能伸能縮、可方可圓，但招牌模樣永遠是「團團圓圓滿滿」。

儘管圓滾滾的睡貓逸品，形式千篇一律，可在應用上，最是廣而博，純粹觀賞之外，利用牠的「圓滿」設計，常有出其不意的巧思，獨令收藏者偏愛。愛做夢的貓，看似慵懶不問世事，可是牠們最懂得圓融之道，這需要成熟的性格，能做到柔軟必得經歷千錘百鍊的工夫；這些人生的體驗與義理，貓一出生就明白。

怒目金剛

貓逸品中，無論是飾品類或玩偶類等等，都取自人類對於貓的審美觀，有的從貓體型入手、有的從貓特質切入、有的是依照民俗發揚、有的則崇尚心靈描摹，或抽象或具象，所呈現的不外是以優雅、美化做取向，難得看到從貓的原始「本能」，那些較屬於陰暗面的發揮。

有一年到荷蘭的小鎮「愛巢」，為了買一瓶礦泉水，隨意走進一家「超級市場」，迎面竟然在左右設有大櫥窗，擺滿了各種材質的貓逸品，貓物排排坐歡迎客人到來。只不過是一家雜貨鋪，卻拿貓大陣仗的當代言，這種類似百貨公司的花招實在很另類，我流連在櫥窗前，被一隻怒目金剛般的貓所吸引。

這隻以貓的側身立姿為形，罕見的是它不僅弓起背脊、豎起尾巴，正面的臉有骨碌碌的一雙怒眼，根根張揚的鬍鬚外，耳朵也鼓得特別大，似乎在聆聽細察周邊的動靜。

以貓的「驚悚」為題，它究竟發現了「什麼」？為何一副「戰慄」

張鬚、闊耳、弓背、豎尾，這是貓的偽裝，牠怒目威嚇敵手，以平息一場殺戮的慈悲，是貓的境界。

43

模樣？ 想要反撲，還是正待逃離？

貓在動物界中算是最敏感的生物，有些貓更有銳利的感應神經，
九二一大地震來襲之前，我看到我的兩隻貓突然從睡夢中躍起，
壓低背脊，縮著脖子躲進衣櫃，接著房子開始大力搖晃，另外的
兩隻貓才猛然跳下床，不知所措的與我相對望，這兩貓年紀較
小，感受力似乎比較遲鈍，也因此，反而有天不怕地不怕的架式。

貓的感受力會隨著遺傳基因、成長環境，與主人的關係而有程度
上的不同，但一般來說，貓在安靜的時候像幽靈，一旦活動起來
又像奔馬，速度之快，總是讓人出乎意料。主人需要很注意門窗
的安全，稍有疏忽，貓可能衝出陽台，而從鬆動的紗窗跌落高樓
斃命。

驚嚇會使貓失去理性，瞬間做出急速動作，這時候千萬不要用高
聲喊叫的方法去追貓，因為貓無法忍受高分貝的噪音，牠會誤以
為做錯了事受到斥責，而愈逃愈遠，倘若此時貓已經逃離家門之
外，你還不如先按捺緊張情緒，隨著屋外路徑，輕聲細語的呼喚
貓的名字，或者，什麼事也不做，僅是敞開玄關的門或窗戶，靜
待牠的歸來。

貓的離家出走，原因大致可歸類如性衝動、有心事、搬家、生病、

遭受打罵、虐待。只要貓感受到環境「不友善」，瞬間的決定不是反撲就是逃離。

在荷蘭異鄉的櫥窗裡，我看到這隻木料塗彩的貓，黑白花紋的身體與臉不成比例的膨脹，利用皮毛的聳張，偽裝成比原來大兩三倍的身材，讓敵方見之「戰慄」而逃。生物都有為防禦而「威嚇」的本能，貓不僅皮毛豎張作為「武器」，更以怒目金剛降服四魔，能不戰而平息一場殺戮，這正是貓的慈悲為懷，此時，牠的肌肉抽緊，四肢蓄勢待發，像箭一樣隨時要彈飛出去。

貓的激憤與躍動在這時刻是「暗黑」的，這隻木頭彩繪貓，正好捕捉了這樣難能可貴的情緒，這是一件讓我心疼、又愛不釋手的收藏。

恐懼的圖騰

要找到一個能夠詮釋今天書寫題目的收藏品，實屬不易，由於貓逸品，通常都以人類的美學經驗作為表現，家貓需要逃離落跑，必然是遭到了災難，這時肢體或臉容絕對醜怪，但是我還是有幾個收藏品足以印證那瞬間的扭曲。

貓對於不愉快的經驗，包括挨罵、抓尾巴、被打、受驚⋯⋯都會牢牢印記在腦海，當再次遭遇這些不懷好意的事件，貓就會提前啟動「防禦」機制：逃離、落跑。在「受驚」一項中，除了人的「咆哮」、「尖叫」、狗的「追逐」之外，「貓籠」這東西，也是足以讓貓一見就落跑的東西。但是，貓籠又是養貓不可或缺的基本配備，尤其是帶去獸醫院打預防針，或看病問診時，一定要使用提籠才能帶貓外出。

起先，貓並不排斥「貓籠」，以為與主人玩躲貓貓的遊戲，但一出了家門，這時，貓感受到牠遠離了牠的「地盤」，隨著屋外陌生的氣味與聲音，緊張的情緒逐漸高升，到了醫院，貓從貓籠被抱出來放在診療台上，這時牠發現完全陌生的場所，不安與害怕

貓受到驚嚇時，有可能
呆滯如木雞。

促使牠非「逃命」不可。

如果此時主人不小心鬆了手，貓可能就落跑不見了。這瞬間，貓的意念是失去了地盤等於性命受到威脅，必須「躲藏起來」才安全。「不能暴露」是貓的認知，即使貓還在我們的懷抱裡，牠對依靠主人保護的情感也崩潰了，絕對無視於你的呼喚聲，瞬間消失得無影無蹤。

除了地盤意識還不怎麼強烈的小貓外，要帶成貓外出，必須隨時提防這種意外，以免造成無法挽回的遺憾。

家貓很少從居家逃跑，除非牠受虐，通常，貓會走失都源於被主人帶離地盤而引起驚慌恐懼所致，萬一貓不幸走失了，先從貓的習性觀察，貓落跑後，一定會躲在案發現場的附近，除非方圓之內是光禿禿的一片，否則貓不會跑遠。貓且是可以長時間躲在同一地點的動物，我們要鍥而不捨的仔細搜索，幾天幾夜都不要失望；尋找時不要大聲喧囂，以免讓驚嚇的貓再度逃離。一旦找到後，行動也要溫柔，並馬上將貓關進提籠，直到回了家後才放開。

平日飯來張口、受到極盡寵愛的家貓，從小並未受過母貓傳授的求生訓練，更缺乏對陌生環境的適應能力，如果在外走失了，下場實在堪虞，牠有可能因誤食或飢渴而暴斃，或被其他動物抓傷

而感染疾病致死。所以應該勤快尋找，貓是靈性生物，牠們必會將感應與主人相通。

因提籠運貓外出所衍生的慘痛故事之外，還要注意，下一次不得不再拿出提籠時，留意你家愛貓的反應，牠是立刻一溜煙不見了，還是無所謂，如果是前者，那就表示這個提籠已經成了貓所畏懼的圖騰，我們要花更多的心思，與貓對話溝通，安撫情緒，讓貓產生信任、安全感，幫助貓渡過這難關。

獻上一杯甘露

貓的字典裡沒有「勤奮」這個名詞，尤其是居家的現代寵貓，不必捕鼠幹活，自然有人侍候得健健康康，只要飯來張口就好，成天最愛的不是安眠入夢，就是放空冥想，日子過得十分安逸。然而，貓真的不用操勞換取生活嗎？

一九九九年，有一家雜誌社為迎接千禧年的到來，擬出版一本「不一樣」的記事本贈予讀者留念。怎樣才夠格稱「非凡」？他們的企劃部開會討論多時，最後找上我的「貓博物館」，把主意打到貓身上，說：工作的貓，妳應該有吧。

他們指的就是要在我的收藏品中找出「工作的貓」作為這記事本的主題。一時我真的給震撼了。從沒有想過「貓打工」這回事的我，總覺得貓是「慵懶至上」「無為最佳」的代言者呢。於是，翻箱倒櫃，取出百件的貓逸品，開始歸類，這才發現，這些以貓形象作為創意的工藝家，確實沒有少過給貓工作表現的機會呢，舉凡：信插、杯壺、餐具、燈、樂手、書架、盒子、花盆、髮夾，幾乎人類生活的種種需求中，貓都能介入參與一腳，除了生活用

銅製燭台貓。

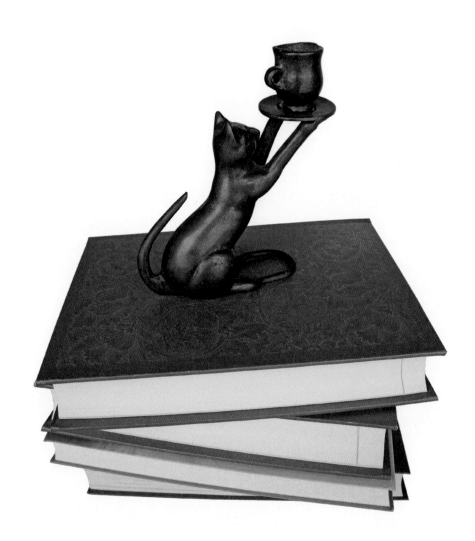

品取其唯美的形體吸引人外，當作安頓心理的招財貓，不就是一輩子為人舉手服務嗎。我也發現，貓的工作其實都是人賦予牠的，貓少有為自己而工作。

我選出了數十隻工作貓交付出版社，那一年出版了《CAT'S OFFICE》，算是以貓的幽默，抵擋了人類對千禧蟲作崇的疑慮與恐懼。

所以，我相信貓對於庸庸碌碌追求名利的人類，頗為鄙夷，牠們一定很欣賞空中那不收不種受天父養活的鳥兒；貓也從不積蓄存糧，一生兩袖清風，即使人類交代工作，牠們也能安安分分的接受並執行到底，貓真是能伸能縮的大丈夫。

皂盤貓。

杯墊貓。

貓的彩衣

我渴望像貓一樣，全身裹一件比訂做還貼身適意的皮草，柔軟、溫暖，花色無與倫比，不論家居生活，出外捕獵，或參加那無法推辭的格鬥，都能派上用場，不但有遮風避雨的實用性，也兼具社交應酬的功能，何況還是戰鬥的武器呢，一件到底，完美無缺。

野貓出任務時，皮草」頓時變成量身訂製的「甲冑」，洋溢著戰鬥的鋼鐵意識。家貓養尊處優，固然不需為覓食出門打獵或擇偶競爭拚命，但每天還是花很多工夫以維護這門面，餐後與睡前，都會耐心梳理皮毛，從頭到尾，絲毫不馬虎，用舌頭先沾溼前足，再洗頭臉、五官、頸背，接著直接舔洗體軀、腹肚、腿間、屁股、尾巴，直到每一吋都潔淨、蓬鬆、光亮，梳理行

為既虔敬又專心一意，是貓的執著，更是生活儀式。貓的服裝有各種花色，斑紋千變萬化，在遠古時代，被解讀為具有神祕訊息；繽紛燦爛的顏色，演化出很多象徵性的寓意。日耳曼神話裡，女神芙萊雅的豪華座車，是由兩隻黑色的貓駛向蒼穹天際，代表著「愛」與「繁殖」的這位女神，選擇了黑色的貓，正好說明了黑貓代表最佳輸送者的能力。

貓花色的神話

關於貓花色的神話，還有以下的傳說：

黑色：女巫魔法之源。代表不可思議、超自然能力、魔法力量傳輸者、好運傳遞者。

龜甲色：女性魅力之源。代表著女性的性感、魅惑、孩童般清純、神奇自然療癒、透視千里的魔法。

斑點：女神之源。三款經典斑色；白斑點適合單身女性，橙紅斑點適合母親，黑斑點適合老太太。斑點代表著幸運、關於陸地及海上天氣之變化、保護家人、排除家庭傷害。

金棕：廟宇的守護之源。代表著受人尊敬、帝王之尊、善於享樂、聰明智慧。這款花色的貓會幫助人類充分發揮自我才智。

淺棕或淡黃：皇族血脈之源。通常只有皇族才能豢養以便保持其純種脈源，如泰國的暹羅貓。代表著火燄、成功、萬物生滅的能源、長壽。

虎斑：雄風神祕之源。虎斑是非常野性的一種花色，出現線條紋路，或粗或細或螺旋狀，代表著權勢、神祕、性欲、無法管控、野性力量。

燻灰：祈願祭祀之源。貓色如果是黑色或灰色，但是毛色根部是白色，這種稱為燻灰，燻灰貓色代表著播種、孕育、天氣、沉默、氾濫、生命祕密。

白：親近可愛之源。代表著治癒力、精靈、魔幻、可愛神奇魔力、好運。

藍銀：結合之源。代表著愛、幸福、好運、財富。

來自捷克的素面貓，以四塊木料拼圖。

色就是空

那一年在巴黎，一處小巷弄裡，我被一扇窗吸引，腳步停駐，無法動彈；窗子映現有著層架的櫥櫃，裡面供著大大小小的貓偶，個個散發金屬質感，為了確認，我推門而入。門上並沒有任何招牌，也沒有人上來招呼。原來這是個「工作室」，藝術家的居所，大門敞開，沒有上鎖，看來是歡迎人們造訪。進入室內，不再隔著玻璃霧裡看花，層架上的貓偶，隨著光源的折射，在眼前變身、幻化。眼前的貓從頭到尾，披著一身繽紛五彩，很超現實，像外星來的生物，有的被紋身、塗了彩繪，妖媚得令人驚心動魄。我相信顏彩的最高造化，彷彿「蠱」一樣，令人迷惑，無法自拔。再定睛一看，這些貓偶都與實體貓不相上下，有幼貓，有成貓，有胖貓，也有苗條貓，尺寸、大小不一，但卻像活生生的真貓，讓人以為身在貓國裡。禁不住要伸手撫觸，從那身柔軟的、溫暖的皮毛找到被魅惑的答案。

貓的皮毛能維持體溫在攝氏三十八到三十九度之間。雖然只有腳墊的肉球才有汗腺，但每一根毛都有皮脂腺，隨著氣溫能發揮冬暖夏涼的功能。

貓毛的長度，因品種和個體大小之不同而有異，從 1 公分到 15 公分的都有。一般貓毛都是由短的「下毛」和長的「上毛」所構成。若在戶外生活的時間愈長，下毛就愈密。至於上毛，則決定貓的毛色。下毛和上毛合稱「被毛」。在初春到初夏期間，下毛會大量脫落（即換毛），所以一定要用梳子幫助牠把毛刷掉，才不至於被牠舔進肚子，增加消化功能的負擔。我滿腦子想的都是貓的皮毛知識，希望用理性觀察這些讓人掉進幻境的貓偶，但愈對它們凝視，目眩之餘，好像反被貓窺探了心思。我在想什麼？我在想要不要趕快掉頭離去。

「美」也會使人慌亂、恐懼，甚至覺得遺憾，因為你無法掌握它、駕馭它。我聽到

紋身之貓，在皮毛下藏著大師的智慧之靈。

貓這樣對我說;這些紋身之貓,旖旎繽紛
的皮毛,裹著的是大師的智慧之靈。那年,
我的生命還很青澀,經歷的世事粗淺,總
是在收藏過程中,學著一點一滴;貓說:
彩繪的背面是素白,鬧熱的內涵是大寂,
富麗的反觀是無顏,有等於無,色就是空。

白貓

貓,不管體型是纖細或渾圓,怎麼看都至
極美麗,他們這種魅力主要來自身上「皮
毛」顏色。看來五花八門的皮毛,其實只
有五種類型,包括「單一色、虎斑、重點
色、相間色、毛端色」。而真正影響貓的
毛色、花斑,則是特徵容易顯現於外表的
優性遺傳基因,與不容易外顯的劣性遺傳
基因,如同彩墨的調和與水氣的氳染,每
隻貓的誕生,都彷彿是藝術家筆下獨一無
二的創作。

沒有任何花紋或雜色的稱為「單一色」,
「單一色」的顏色基本上都有黑色與紅色

色之無相。

身披五彩衣的貓。

兩種色素的混合，只有白色是「單一色」中最為特殊。因此，白貓數量相對稀少，大都是「單胎」所致。一般人對於白貓的印象，都呈現「無理由」的偏好。

市面上的純白逸品也如同白貓一樣，相對的稀有，純白就等於一片「虛無」，更顯現貓的「無為」境界，在工藝上很難發揮吧，倒是西方繪畫藝術的表現處處可見，以我手邊的畫冊資料為例，大師在畫布上的白貓就有：庫爾貝（Gustave Courbet，1819-1877）「女人與貓」（1864 年，油彩）、高更（Paul Gauguin，1848-1903）「艾哈爾·奧希巴」（1895 年，油彩）、瓦拉東（Suzanne Valadon，1865-1938）「三隻貓」（1917 年，油彩）、波納爾（Pierre Bonnard，1867-1947）「小孩與貓」約（1906 年，油彩）、伍德（Grant Wood，1891-1942）「貓和老鼠」（《山坡上的農場》插畫）、洛克威爾（Norman Rockwell，1894-1978）「新搬來的鄰居小孩」（1967 年，油彩）、巴爾杜斯（Balthus，

用水鑽鑲出單色白貓，
是極致的設計精品。

來自西班牙的彩衣拼圖貓。

1908-2001）「做夢的特雷茲」（1938 年，油彩）、「客廳」（1942 年，油彩），林德涅（Richard Lindner，1901-1978）「向一隻貓」致敬（1950-1952 年，鉛筆）、安迪·沃爾（Andy Warhol，1928-1987）「貓戴花及羽毛」（約 1954 年，《25 隻名叫山姆的貓和 1 隻藍貓》插畫 / 鉛筆、水墨）。

黑白貓

黑白貓的台語聽起來很像「黑白拿」，與「黑白切」語意近似，也算是一種諧音的幽默。儘管二〇〇六年，愛貓族聯誼會以彙整十年的田野調查資料，由杜白與陳道杰兩位獸醫師發表台灣貓血緣普查的第一

階段成果報告，公布台灣貓的代表為「虎斑米克斯」，但在家庭養貓的數量上，與虎斑不相上下的就是「黑白米克斯」。黑白貓跟虎斑貓一樣，花色亦是千變萬化，但是人們印象中，最為突出的黑白貓，就是臉上與賓士車 logo 相同的「賓士貓」，色塊均勻分布的「乳牛貓」，背黑肚白的「烏雲蓋雪」，胸前有「天使記號」的「熊貓」，「上帝之足」的「靴子貓」、「襪子貓」等。

「黑白貓」在顏色類型上屬於「相間色」。「相間色」有紅白相間、黑白相間或白底混上其他顏色，如馬賽克花樣也算「相間色」。由於黑色與紅色的遺傳因子彼此沒有優劣關係，所以兩者混合就會形成顏色相間的花樣，如果白色遺傳因子的力量較強，則會形成白底相間色，也就是身體的二分之一至三分之一為白色，或紅黑界線清晰的三色貓。據說毛色的形成猶如造物

黑白貓的花色是造物者由上而下潑灑墨料的效果。

者拿一桶墨料從上面潑灑下去，因此黑白貓絕對是黑色覆蓋白色，頭耳、背脊、四肢、尾巴這些地方一定是黑色，白色之處，會在前胸、肚腹、腳足這些沒有被淋到顏料的地方出現。

可是，無論黑色佔的比率多少，「黑白貓」並非「黑貓」，「黑貓」屬於「單一色」，但現今的黑貓似乎看不到「全黑」，不是鬍鬚白色，就是耳窩、肚腹有幾許白毛這個緣由據說是中世紀的歐洲，人們畏懼黑色，把黑貓當成魔鬼的牲口，專門為撒旦提供貢品，加上貓來去無蹤、飛簷走壁，被視同擁有神祕超能力的女巫，因此大量捕捉黑貓加以虐殺，歷經幾世紀的迫害，純粹黑貓早已滅絕，能逃過苦難的黑貓，

都以其些許白毛而倖存成為先祖的。如今，在世界貓展上，名貴血統的黑貓不僅身價千萬，還可以獲得一等獎章，人類根據好惡對其他生物行使殘酷的選擇，黑貓背負了人類因迷信產生的罪孽，可見「偏見」是多麼恐怖。無論黑貓或黑白貓，牠們皆像水墨畫中的五色：濃、淡、乾、溼、黑，若加上「留白」就是「六彩」了，這是色彩中的最高意境，擁有黑貓或黑白貓成員的家庭，真是幸福。

而作為一隻貓，牠一定很滿意自己的服裝。牠總是唯我獨尊地走過人的面前，牠總是不斷修飾、清潔，體面、優雅是牠那一身天衣的驕傲。無論素面、花點、潑墨、條紋、漸層……貓的服裝是我最羨慕、嚮往能穿到身上的永遠妄想。

胸前有「天使記號」的黑白貓。

中分髮型的黑白貓。

貓物語

有健康又儒雅的貓，是家庭的榮耀。

葉懿瑩

天氣涼了，是時候將衣櫥裡的毛衣拿出來暖和身骨體，你應該也悄悄換上冬裝了吧！

心岱

秋涼時節，小電毯就要登場，鋪在床褥，貓滿足的貓臥，整天懶得起來；還有，電熱器也要推出來因應嚴冬寒流。溫暖對貓的健康很重要，尤其幼貓與老貓。

IYING YEH

貓信奉老子，很道家，可是有時候又能屈能伸，
選擇中庸主義。貓的識時務比人類還道地。

達姆

冷風颼颼的冬日，能躺在剛
熄火的引擎蓋上取暖是街貓們的
大大幸福，即使彼此的仇恨比山高
比海深，這個時刻所有恩怨都能
放下，一起在黑夜的星空下共享這一塊溫暖。

心岱

搬到新家的時候，把端午與小乖先關在
臥室，等工人都走了，我打開房門，看見兩貓竟然
破天荒的依偎一起，想必是對陌生環境的恐懼，
終於打破歷來互不干戈的敵意，相擁而臥，牠們
都是養貓，先後來到我家也有十年了，卻各自為政，
一直無法融合，沒想到因為換房子，
讓牠們消弭距離，以彼此體溫的交流傳達著鼓勵，
似乎也在跟我說：我們一起過農新年來。

貓物語　貓是天生的探險家，膽大又心細。

（達姆）
遛狗時不經意看見橡樹上的「仙草」。
仙草是附近偶爾放出來玩的家貓，
總是在街上家貓吃飯時默默加入，牠可以
接受被摸一下作為餐費，但摸兩下就會
翻臉。我喜歡家貓在樹上，覺得牠們能看見
更大的世界，但說到底，看見更大的世界又有何用呢？
只不過是我這庸俗人類的自以為是吧。

（心岱）
「仙草」，我家也有一隻叫作「仙草」的貓呢。
貓爬樹很簡單，但是下來就有困難，往往因
心急而跌落，造成傷害，所以貓會上樹很稀奇，
何況是「家貓」呢？我從未看過樹上的貓。
仙草，一定是會做夢、愛眺望的貓。

貓式趣味

「紋章」是昔時歐洲貴族象徵身分地位的標誌記號，起源於上古時代，不同的部落企圖用具象的方式展現他們的特色：服裝和頭飾分別以不同的顏色及符號彰顯，尤其是動物符號及相應的各類神祇。後來文明出現，這種風俗延續到各方霸主爭戰中的旗幟、戰士的盾牌，都紛紛擁有自己的圖騰，強化力量，繼而分辨敵我。

到了中世紀，這些圖騰又逐漸從象徵發展出實用性，騎士之間流行武技競賽與表演為目的的各項活動，全身披掛盔甲的騎士，拿著繪製有紋章的盾牌，除了證明他是誰外，也讓主持者辨認其身分以評判輸贏。也因此，累積相當口碑的紋章，便成了聲望的代表。隨著時間推移，騎士之外，君主或貴族也開始利用紋章裝飾城堡、莊園，向眾人宣布他們是世界的中堅分子，並展現友好、虔誠、熱情與責任。

集象徵意義於一身的紋章，在設計上有一定的規制，那就是「護盾獸」、「持盾者」、「銘言」、「寓意物」以及「盾牌」的組成元素，尤其是用來當作「符號」的動物，都以猛獸或猛禽為主，

展現古典紋章形制的貓式趣味。

如代表勇往直前的獅子、豹、戰馬、獵狗、野豬、老鷹等等。

然而，可愛的貓到底象徵什麼？竟然在紋章的歷史上也沒有缺席，據說，那是因為「貓」（Cat 或 Chat）的發音充滿安定、祥和的感受，蘇格蘭就有一貴族，以蘇格蘭的野貓當作護盾獸，英國也有愛貓人以虎斑貓設計成家族紋章，更有一個發達之人，為了感謝家貓帶給他的好運，而將貓叼著老鼠的圖樣印在紋章上。隨著貴族的廢除，法國大革命後，貴族的紋章逐漸消失了，但這些古老世代輝煌的記號，開始出現在古董商店或旅館的櫥窗，成了觀光客、收藏家蒐集的逸品，其中貓的紋章更是拍賣場上的搶手貨。

時至今日，貓的紋章出現在精品店中，繪製在現代瓷器的杯、盤上，令愛貓族眼睛一亮，愛不釋手而搶購一空。這「貓紋章」以幽默筆法，展現古典紋章形制的趣味，盾牌上有鼠肉、咖啡、方糖，圍繞的絲帶寫有「銘言」，兩旁的護盾獸：左是廚師貓、右是食客貓，上方站著戴皇冠的貓。

儘管貓無法與猛獸匹敵，卻是人間不可或缺的「吉祥物、守護神」，對於現代家庭，這面令人莞爾的紋章，可說是福至心靈的象徵。

繪製在瓷杯上的現代「貓紋章」。

盤子也印了貓紋章，與杯子成套。

貓的女兒節

多年前到京都旅遊，參訪下鴨神社時，意外的遇見了流放娃娃到河川的儀式，這是一年一度日本「女兒節」古老傳統的祭祀。日本在平安時代受到唐朝上巳節（三月三）「送厄船」和「曲水流觴」的風俗影響，初民用泥塑人形，表示將病痛與災難轉移，然後將人形放入河流送走。

這個儀式歷經了「土偶、木偶、草雛、紙雛、布雛」等等材料與時間的變遷，由於工匠、職人精進的手藝，製作的人偶愈來愈達藝術境界。到了江戶時代，開始有設階梯式的檀台於家中，把裝扮華麗、惟妙惟肖的娃娃與相關祭品，擺置欣賞，一些王公貴族為彰顯財力，便競相展示人偶與物件的數量，於三層、五層、七層不斷增加更多奇數的階梯上，為家中女兒慶祝、祈福。這種習俗後來成為日本女兒節的緣由，而除了娃娃可代代相傳當作豪奢的嫁妝外，這些集服飾、繪畫、雕塑、色彩於一體的人偶，也成了女兒「儀態、表情、神色」的美學典範。

如今的「女兒節」，除了民間、家庭歡慶外，更是日本三月的觀

女兒節的木製五層檀台。

光節目之一，常見在旅館大廳有價值千萬的人偶檯台展出，吸引觀光客傾倒在讚賞驚呼中。當然，如果你發現女兒節竟然還有「迪士尼」版、甚至是「貓」版，把傳統文化變成現代玩具，那心儀程度必然更是萬分「驚豔」。

我最近所收藏的「貓的女兒節」，除五階的檯台是木製外，十五隻貓偶與八個物件都是瓷器燒製，其高度在 1.2 至 2 公分內，表情與服飾精緻細膩，真是微縮世界的極致；據說此產品目前已經「絕版」，特公開分享。

最高階：居中的天皇、皇后背後有櫻花屏風，底下則是櫻色鋪墊，兩旁各置燈盞與橘子、櫻花的盆栽。
第四階：獻祭白甜酒的宮廷三女官。兩邊各有「魚形」年糕。
第三階：宮廷樂隊的「五人伴奏」，分別為手持太鼓、大鼓、小鼓、笛子、扇子的樂手。
第二階：高舉白色禮鼎的左右大臣，以及中間恭奉年糕盤的大臣。
第一階：司管雜役的隨從並列在兩旁，中間是擺有茶碗與酒罈的紅色方几。

瓷器燒製的十五隻貓偶，各有表
情與服飾，是微縮世界的極致。

貓藝人

穿小丑服的貓，擺出人的動作，眼神分明拘謹又緊張，讓人看了不但笑不出來，而且十分心疼，我就是在這樣的情緒下，匆匆把它從店裡買走了。在我的收藏中，不盡然都是看起來歡娛的逸品，也有一些對我來說，是屬於黑色幽默的，以及不忍以賞心悅目面對的。

通常布偶玩具都用於兒童的陪伴，這個布偶貓，顯然不是這個用途，因為不夠可愛、不足以取悅孩子，所以它孤零零躺在特價的「雜物花車」中，是那雙珠串縫成的大眼睛，不經意的與我的視線相遇，讓我聯想起古早世代受虐的貓們。

貓曾經也擔任過馬戲團的主角，那是在十九世紀的一八八九年，巴黎報紙刊出訪問伊文爾馬戲團的馴獸師，談到他正努力為貓的歷史開啟黃金時代，並配上貓在舞台上演出穿過火輪、背著白老鼠橫越鋼索的照片，新聞還預言貓是塊可塑之才，今後必有更多的馴獸師投入訓練貓的行列，而大膽的公貓們也會放棄黑夜裡的冒險活動，成為傑出的馬戲團藝人。十年後，聞名歐洲的馴獸師

小丑貓的荷葉邊衣領，像病貓戴著伊莉莎白項圈，楚楚可憐。

彼得‧哈吉特‧史布列德所出版的傳記中，書寫著：「訓練貓實為一件痛苦不堪的工作，我必須著手訓練的一項技藝是讓小貓爬到狗的背上，讓狗縛著貓而行，但是貓每回看到背部安置著馬鞍的狗後，不知是興奮還是恐懼，會忽然抽筋倒地不起，這真叫我手足無措。」

貓自我意識強烈，是動物中最難以馴服、受教的生物，調教貓的方法與訓練老虎、獅子、豹等大型貓科動物的方法並不盡相同，訓練貓跳火輪時，絕不能期待牠有著老虎般的輝煌成果，倒是世界最小的「鼠類馬戲團」就曾和暹羅貓同台演出過，但如何克服貓鼠的天敵本色，讓牠們融洽於舞台上？可以想見人類操控生物、違背自然律則的手段，何其殘酷與不人道。

在各種馬戲娛樂當道的世紀，觀眾花錢看動物受苦、被捉弄，卻拍手叫好、高興莫名，是個沒有同理心、野蠻的黑暗時代。好在貓個頭小，不如大型動物有看頭，且訓練艱巨耗時，不敷成本，貓的馬戲團熱度最終僅持續一段時間，人們對貓失去了新鮮感，這才挽救了貓成為藝人的命運。

仲夏納涼之貓

京都的地標：鴨川，從河原町通到五條通這一段的西面河畔，集中了近百家的餐館，每年五月一日到九月三十日，是舉行「納涼床」的盛事。華燈初上，家家懸掛白色燈籠，上面印有「納涼床」三個大字的墨色書法，彰顯京都夏天的濃情詩意。

鴨川是京都貫穿南北的重要水道，中間這一段更是商業中心，在江戶時代就有供旅客休憩的茶屋；由於河床寬廣，環境優美，是夏天納涼之處，便形成了京都特有的飲饌風格，每年吸引品賞美食的觀光客流連忘返。推出「納涼床」的餐館，在面向河畔的一方（通常是屋子後端），以鋼架架出一個方正的露台，營造出戶外空間的情調，有鋪設榻榻米，強調「床」概念的傳統日式環境，也有裝潢成木地板、西式桌椅的現代餐館。一間「納涼床」最多容納十來桌，席位有限，需要提前預訂。

「納涼床」的菜單與收費都特殊，但講究「季節」趣味的京都人，絕不會錯過這仲夏的詩意，滿座的餐館外面，沿著溪床，很多市民都席地於凸露的石塊上飲酒野餐，每個人手上幾乎都有一把扇

子，摺扇、團扇，各種材質製作的扇子都出籠了，這種古老歲月的用品，京都人視為生活靈魂，不僅珍藏，且活用於現代，街坊的扇子專賣店，最大消費群並非觀光客，而是一般居民相互的餽贈之禮。

來到京都旅遊的我，分享著這情調之都的漫活哲學，隨手來個扭蛋吧，看京都貓在暑熱的盛夏怎麼納涼？躲到冰屋、張腿翻腹、閉眼入夢、，甚至把旅行箱當枕，什麼地方都不去了⋯⋯

睡覺最大。

大阪商人

位於日本大阪市「住吉」區的神社,自古奉祀航海之神,當時凡是遣唐大使出發前,都要到這裡祭拜以佑平安,平安時代之後,這裡也以奉祀「和歌之神」廣為流傳,成為庶民的信仰中心。

「和歌之神」菅原道真 (845-903) ,是平安時代的學者、詩人、政治家,尤其擅長漢詩,曾受日本天皇重用,天皇稱讚他的文學造詣勝過唐代詩人白居易,對他極為推崇,升任他到「右大臣」的官職,後來因為得罪外戚藤原氏,從京都被貶到九州太宰府,就此抑鬱而終。

菅原道真過世後,各地出現許多詭異傳說,連皇宮也遭到罕見的雷擊,朝廷覺得有負於他,因此平反他的聲名,並解除其子的流放。菅原道真去世九十年後,獲追封代表最高權力的太政大臣,以及「和歌之神」、「學問之神」的桂冠,地位有如中國的孔子,從人格升為神格,因此也受到信眾崇拜,紛紛前來祈求學業進步、功名順利、災難遠離。除此之外,「住吉」神社更是愛貓族必訪之地,因為神社裡還有十分有名的招財貓(日人稱招福貓)

關西版的「初辰貓」,身穿華麗的錦織肩衣與褶褲,是「九谷」瓷器的精品。

「初辰」。名叫「初辰」的招財貓歷史久遠，是祈願生意興隆的吉祥物，身穿羽織外褂與寬大的褶褲，一副大阪商人的派頭。

「只要貓打神社前走過，就再也看不到老鼠了。」古老的傳說，使「初辰」的人氣始終興旺；每月十一日是「初辰日」，這一天神社舉辦參拜活動，信眾購買小招財貓供奉於神壇，連續四年集「四十八個初辰」取其「始終發達」的日文諧音，就可以完成心願，不過，若遇上不祥之事，則以「雙六」三振出局，便要從頭來過。

笑咪咪的初辰貓，一副大阪商人的派頭。

「初辰」貓有分左右舉手，左手代表家庭平安，為奇數月授予，右手代表生意興隆，為偶數月授予。神社為鼓勵信眾，推出四年集四十八個小初辰貓可換一中型、十二年可換一大型初辰貓的活動，就像便利商店的集點遊戲，雖考驗耐心與毅力，卻更擄獲愛貓族之心。

我在三十多年前，就蒐藏了幾種版本的「初辰貓」。相較現今住吉神社量產、制式化的吉祥物，無論穿著、儀態、形貌都更為精采百倍。當時並不知道其中的故事，很多歷史背景與文化淵源，都是在擁有逸品之後，才慢慢探索了解的。每個收藏品，就像時光機，帶領著收藏者去漫遊。

穿羽織外褂、持扇跪坐
的初辰貓。

民俗風情

七○至八○年代，著重性靈與哲學層面的奧修運動在世界各地引爆，很多渴望獲得生命覺醒的人，追尋著大師腳步。台灣當年也不例外，於是形成一股印度熱，印度旅遊大大流行，旅費無法湊齊的我，沒有跟上團隊，倒是朋友歸來紛紛帶給我「印度貓」，說是要補償我的失落。

印度貓，指的是以木屑膠合塑出貓形，再彩繪於外的中空「盒子」。這種塑膠尚未出現之前的古老玩具材料，也用來製作傳統的布袋戲偶，雖然簡陋，但土拙的線條益顯現民俗風情，各個都有老靈魂，承載了時間空間的疊合聚焦，流露出各地民族不同文化的樣貌與美學。

人類的文明史，貓向來直接參與，以致造就了許多神話與傳說。古埃及人認為貓是神聖的動物，但中世紀末期，歐洲人突然迷信貓代表邪惡與巫術，全力予以撲殺，這是貓最慘烈的黑暗時代。十四世紀黑死病蔓延，貓才被人餵養以驅趕鼠害，但貓這時並未受到善待，只是服勞役而已，一直要到十七世紀初，才有法律明

印度風情的貓盒子。

文制定保障，虐貓暴行才終於受到制裁。被迫害的貓逐漸成為受寵愛的家庭伴侶。

英國人覺得貓最尊貴，看到黑貓經過，是好運當頭。美國中西部居民認為，黑貓在屋頂遛達，是幸運降臨，但如果停留太久就不妙了。法國人普遍愛貓，認為貓聰明有魔力。北歐地區卻有個傳說，睡著的人靈魂會化身成動物各處漫遊，地位高的人會化身成熊或老鷹，地位低的人則成為老鼠或貓。

中國神話動物競選十二生肖時，貓跑得最快，卻被老鼠欺騙而落榜，所以貓成了老鼠的天敵。台灣人認為貓來富，與日本的招財貓有異曲同工之妙。日本是愛貓民族，把貓視為福氣與招財，是吉祥動物的代表，但在千年之前，也曾迷信貓尾有妖力，因此將之切除，以隔絕災害，傳說日本短尾貓就是這樣來的。東南亞地區，例如緬甸人認為白貓是善良的，泰國、印尼等地寺廟皆養貓，船員更認為貓有預測風雨的本事，是智慧之神。

這些來自民間的神話、傳說，賦予民俗貓的色彩不會隨時間消逝，反而成為一地一物的獨特價值，引發收藏者的心儀與歌頌；收藏行動絕非旁觀者，而是參與者，民俗象徵人間世界，龐然壯闊，能夠蒐集各地民俗貓，等同涵養著絕對的榮耀。從收藏的觀點，質量齊觀，才是價值，如果準備以「民俗貓」為收藏的主題，

出尋走訪仍是必備條件，最好能佐以研究的方向，一面蒐購珍品，一面做田野調查，會更增加成就感。畢竟，由收藏進而涉獵其貓文化，將興趣知識化，提升認知，才不枉費千里奔走的辛苦。

印尼巴里島木刻貓。

招財貓

寺山修司的貓「辭典」

招財貓是名揚四海的日本吉祥物，透過舉高的手姿，向人們傳遞美好祝福、招徠平安與福報。這個動物大使，千百年來一直扮演這樣的角色，突破疆界、地域、民族，以手語跟人類召喚。身材不過如嬰兒大小的貓，卻放射燈塔般無遠弗屆的希望之光，撫慰了多少蒼生心靈。

我的招財貓大大小小約有百來個，是收藏品中唯一不計材質，而以類型歸屬的系列。四十多年前，凡不涉及溫飽只供玩賞之物，都算是奢侈品，只有出現在專賣越洋貨的委託行，昂貴且稀有，當年我並無「收藏」意念，卻因為看到店家櫥窗有一尊戴眼罩像要出門參加派對的華麗招財貓，忽然聯想起日本作家寺山修司（1935-1983），在《貓的航海日記》中的一篇〈我的犯罪百科辭典〉，其間「貓」的條目：

貓——多毛症的冥想者；
貓——吃不得的肉食主義者；
貓——灰色住宅裡的老處女；
貓——唯一的政治型家畜；
貓——沒有財產的樂天主義者；
貓——殺人事件的配角；
貓——不穿長靴時的兒童敵人；
貓——深夜的小提琴演奏者；
貓——一流的色情片演員。

寺山修司集詩人、表演家、劇作家、電影導演於一身，是日本人氣相當高的藝術怪才，以上條目是根據台灣知名小說家陳輝

龍畫龍點睛的中文翻譯。注目著這隻直立坐姿、全身穿戴珠光寶氣，連指甲都鑲有亮晶晶的寶石，我還想到，貓應該是「彩繪美甲」這門行業的啟蒙。不知為何我毫無猶豫的走進店家，從此，寺山修司的神妙詮釋，好像是萬流歸一的指引，成了我收集招財貓的緣起。

招財貓的故事

一九九五年，一篇漫畫讓招財貓在台灣成了廣為流傳的美談。

那是日本漫畫家奈知未佐子的短篇漫畫集《貓咪的金幣》（尖端出版），原日文書名是「越後屋小判」，於一九九四年由小學館出版。「貓咪的金幣」是該書的首篇，只有十二頁短短的篇幅，作者描寫的正是「招財貓」的故事，凡是看了這篇漫畫的

讀者，都無法抵擋揪心震撼，在笑中哭出了眼淚。

故事敘述一家歷史悠久、名聞遐邇的醬油店—— 越後屋，在年輕少主傳承接手後，因疏懶經營，不僅重挫該店累積百年的名望，生意也逐漸滑落，終至一敗塗地。少主有一隻名叫小玉的貓，不忍少主即將流落街頭，便接受少主的請託，以動物報恩

貓的手語，讓人百般思量。一身華服派頭的「半貓半神」招財貓。

的方式，到外面找來金幣讓家業翻身。小玉每天夜晚出門，早上返家時嘴裡總是銜著一塊金幣，但少主得了金幣，並不打算運用在振興家業上，反而將金幣充當賭金妄想一夜致富。

眼看金幣輸光了，少主再度央求小玉，儘管看見小玉無精打采，身體瘦了一圈，也只允諾再出門一趟就好，隨後跟蹤了過去，企圖找到藏有金幣的地方，以便日後隨心所欲。

少主尾隨貓來到樹林裡的一間小廟，目睹小玉對著菩薩，舉手念念有詞：請拿走我的耳朵、我的眼睛、我的爪子、我的腳……換給我一些金幣……而隨著唱念之聲，貓的形體漸漸縮小、縮小，終於消失了。這時，三枚金幣從天而降……
從此，少主勤奮工作以贖罪，恢復了越後屋的榮光，他在店門口擺了一座抱金幣的貓雕像紀念小玉，提醒自己心中永遠的痛，上門的顧客卻都稱它「招財貓」，紛

紛前來膜拜祈求：請你為我們帶來財富吧！

在當年「貓學」非常匱乏的文化界，這篇《貓咪的金幣》成了最佳教材，招財貓蒙上了令人心碎的悲情，意外的使作者奈知未佐子瞬間在台灣爆紅，讀者都相信這就是「招財貓」的典故。作者的創作都以日本民間故事為本，但融入了奇幻的題材，構築出一個獨特風格的舞台世界，這篇《越

招財貓的典故有多種版本，是「貓學」中重要的一頁。左為米色陶器招財貓、右為青花瓷器招財貓。

後屋小判》在一九九七年入圍第二十六回日本漫畫家協會賞優秀獎。

招財貓迅速風靡了台灣市場，可以說，這篇漫畫功不可沒，我的蒐集水準也因而晉級，但純粹的玩賞逸品對於收藏者來說，是不滿足的，在我四處尋訪招財貓的歷史進程中，貓美學的發掘與研究，開啟了我創作的另一扇門，招財貓真的是福至心靈的吉祥物。

招財貓的材質

歷來，大家所熟悉的招財貓造型是，圓滾滾的福態身材，一手高舉至耳，一手扶「千萬兩」大金幣，兩眼直視，不帶任何表情，這種制式風格脫胎自初民手捏的土偶。

其實，日本早期的招財貓因地制宜，不但體型有分長身與胖身兩種，貓的神情也有所不同，面帶寂寥的招財貓，表現出嚴峻酷寒的北國生活，南方則強調農業時代的

信仰，如手持米槌、鯉魚、福袋、摺扇等等裝飾。

在求新求變的製作中，材料也決定了招財貓的樣式；紙業發達的江戶時代，庶民文化興盛，商家會以木頭或竹片為基底塑型，上面重複黏糊紙張，等乾了再將基底撤除。與土偶相比，紙張可塑性高，大小不拘，又易於上色彩繪，如此，商家可以展現獨家的招財貓造型，吸引顧客上門。

紙糊招財貓起源於群馬縣高崎一帶，這裡曾經是養蠶勝地，當地居民信仰招財貓甚篤，不僅僅是祈求生意興隆，更為了保佑蠶不被老鼠吃掉，因此，招財貓身上的圖案，也就成了他們樸實願望的象徵。

其他材料製作的招財貓還有石頭、木材、布料、賽璐珞，而最大宗又歷久不衰的應數陶瓷燒製的招財貓；陶瓷器有不退色、好保存、方便擺設的優勢，歷經傳承與創新的融合，並為求量產，去掉地方色彩，

強調吉祥物特徵，讓風格益趨鮮明、統一。

生產量高居日本第一的「常滑燒」源自平安時代，燒窯分布於愛知縣知多半島，自古以來，常滑燒無論質地或風格，都堅持不變為萬變，這「傳統派」的風格幾乎也成了招財貓的代名詞，除了常滑燒外，還有九谷、有田、瀨戶等地，這些著名的產地同樣都具備了悠久的窯燒歷史條件。

除了傳統派，比較有個性的招財貓，都是近代產物，在市場上最受收藏家的喜愛，這類特殊風味的招財貓，可遇不可求，如圖兩隻招財貓，都是早年購自「藥師窯」的產品，現在難得發現，大概已經絕版；它們都屬於長身，穿著小披肩，沒有金幣，卻很有「表情」，一個笑咪咪，眼睛瞇成一條線，像個溫馨媽媽，一個端莊，像個內斂小子，怎麼看，它們都身懷「人味」，拙趣中有著溢於言表的幽默。

招財貓的造型

背脊挺立、四肢併攏，向前凝視，是貓的經典坐姿，但舉手招呼，卻是擬人的動作；歷經多少世紀，從手捏線條模糊的土偶，到現代精緻多彩的精瓷品，招財貓的形象演化從未讓「人」有所遲疑。

「貓不就是這樣嗎？」大家對「人模人樣」的貓向來很順眼，不覺得奇怪，但到底招財貓是「貓」還是「半貓半人」？招財貓的傳統造型，是頸繫鈴鐺、胸前有個「千萬兩」金幣，無論顏色是白、金、紅、黑，都是純粹的「貓臉貓身」。

雖然因應時代審美觀的改變與多元，市場開始出現「有個性」的招財貓，不但造型多變，材質也力求精緻化；在我的收藏中，有一系列真的是屬於「半貓半人」，也就是「貓臉人身」，如圖的它穿著幕府時代的武士禮服，上身為肩衣、下身為打褶的裙褲，以跪坐迎人，一手舉高、一手

持扇，這尊招財貓，出自昭和二十六年創立的「藥師窯」，有一甲子歷史的「藥師窯」位於日本陶瓷文明之巔的愛知縣瀨戶市，以當地「寶泉寺」祀奉的「藥師如來佛」的庇佑與祝福聞名，每件產品都堅持以十二道工序七十二小時的手工製作，招財貓是藥師窯的大宗產品，該窯還設置了全球最具規模的「招財貓博物館」，不但是愛貓族必訪之地，其觀光與購物結合的完美創意，為地方帶來相當的經濟繁榮。

另外一個「半貓半人」的招財貓，是三十多年前到東京旅遊，無意間在百貨公司遇到「招財貓大展」的戰利品；這隻高 21 公分的招財貓，五官的拙趣描繪令人莞爾，但身上的派頭卻精緻繁複到令人耀眼吃驚的地步；酒紅色的華服與五彩織錦的肩衣、

金色腰帶，條紋裙褲，想必這些一定就是京都「西陣織」的面料所裁製的吧。

可惜這尊招財貓沒有標示出品窯廠，從貓手高出耳朵的造型，可追溯年代久遠，是個古董。在 921 大地震來襲的午夜，他從陳列的櫃子跌落，卻意外挺住了，讓我直覺這老靈魂，不是「半貓半人」，而是「半貓半神」。

招財貓的手語

其實，自古以來，招財貓造型千變萬化，各式各樣的「變種」創意十足，如果沒有仔細考察與搜尋，就會錯過「比較有個性」的招財貓。從隱含著某種意義的「手」來看，單手上舉的動作在人類是為某事件

青花瓷的母子招財貓。

「發誓」，但對於招財貓，無論舉左手或舉右手，都是象徵招財、吉祥、祈福。在古代，手舉得愈高表示招來的生意愈大，因此，貓手高過耳朵的設計看起來，有點「幽默」。

手舉的角度也有差別意義，但隨著時代進步，左左右右或高度角度，已不再被討論，如今也常見「舉雙手」，代表「萬事如意」，更流行「科技貓」，鑲一小塊太陽能晶片吸收光能，舉的手就會前後搖動，不但聚焦，且能廣結善緣。而顏色，也是招財貓顯示其說服力的特徵，最普及的白色之外，據說黑色的靈力最強，古代有除魔、解厄、避災之意。紅色的招財貓更特殊，是象徵除病、保佑全家平安。金色則具有黃金燦爛的力量，是財富源源不斷之福。

圖為高 26 公分的三尊招財貓，其身材比常滑燒的矮胖型修長許多，除了有鈴鐺的項圈外，最大的不同是它們都穿了「小披肩」，且一隻手觸地沒有拿著金幣，這趨於自然而人性化的造型，充滿了江戶時代的「古意」，讓人不禁目不轉睛，要多看幾眼。

十多年前，我在東京抱著它們搭飛機回台，一路上小心翼翼、戰戰兢兢，是我收藏招財貓中的極品之一。如今，網路上已經可以買到，此一時、彼一時也。

召喚的能量

招財貓不但直立起來，還不停的招手呼喚；此時，只要你面向它，似乎就能聽到貓念著你的名字，正在祝福你心想事成。被統稱為「招財貓」的這個吉祥物，流傳了兩百多年，跨越疆域、超越時空，不僅成為世代傳承的「貓神」，更是史上最強的「公關貓」。

供在商店就會招財，擺在家中會招福，裝飾汽車可招平安，當手機吊飾還能求緣

……無論何時何地，貓手的召喚姿態從
「有形」幻化成「有聲」，且「手」本來
就有推動乾坤的意象，因而產生不可思議
的神祕能量，彷彿有一首幸福旋律，隨著
貓招手的節奏，溫馨的繚繞在你周圍。

立正宣誓的招財貓充滿了能量。

貓物語　　　貓，除了擁有各項美名外，牠還是一個戲劇天才。

薛慧瑩
感覺動物裡貓的可塑性最大了，
可以優雅得像座周佳像，也可以
滑稽得像個綜藝諧星。

心岱
所以，貓無所不能，
幾乎等同於「神」。

貓物語 貓的神祕性，超越了人類的智慧領域。

薛慧瑩

神祕與可愛很難連想在一起，
但是放在黑貓身上就 剛剛好。

心岱

我家也有兩隻黑貓。黑貓讓人生出無限
的想像力，是很多小說的靈感來源。
黑貓在我家鄉，意指
「時髦、性感」的女人象徵。

貓物語

貓獨自行動，所有場所卻都認同牠。

達姆

附近的廢墟雜草蔓生，但廢墟的存在提供了街貓們一個遮風遮差雨的安全空間，看著牠們是跳到牆上嬉戲、吃飯、翹著屁股、扭著身體摩擦牆壁，束起尾巴奔跑追著餵食人，匍匐著身子捕捉老鼠……雖然說街貓的命短、生活辛苦，但擁有這些時光的牠們還是幸福的！

心岱

我搬到新社區時，還看見附近流浪貓的活動，沒多久，入住的人愈來愈多，就再也不見貓的影子了。牠們並非遷移他處，應該是遭到人類開發佔領的滅亡。看到這座有樹有鳥的廢墟，對愛好自由的貓，可以說是天堂，只是沒有足夠的食物來源，應該活得很辛苦，令人心疼。

CHiACHi YU

一匹又一匹

看著這些繡得規矩的圖案貓，卻不由得喊出「一匹又一匹」。
想它們是草原奔馳的野馬，更是走馬燈裡的幽靈。以貓的迷你，
創造連環的遼闊，以貓的側身，換取時空的紋理；是模仿埃及墓
室的壁畫，還是複製時代的黨派分子，排排貓一如行走於鏡子與
現實之間的夢，令人五色撩亂。

我刻意忘記這些刺繡貓來自何處，因為幾次展出結束，總是發現
短少，從原有的十二張到目前僅剩的兩張，可見很多人愛不釋
手，它讓人有不著邊際的聯想，起先，我就想到了奇士勞斯基
（ Krzysztof Kieślowski）的《雙面薇若妮卡》，在一九九一年上
映時，年輕的我無論如何努力都看不懂，一直要到大導演日後的
藍、白、紅三色電影都完成了，才明白這片子其實就是它們的「序
曲」。「一片樹葉有兩面，薄的這邊有小葉脈和細毛，你的世界
觀建立在你該從哪面看，或你有多少觀看的方式。」這部隱喻國
族、生命、認同、愛與性的電影，在片頭上記註了這一段文字，
它就像貓出沒於我的生活，一匹又一匹，放肆或規矩的勾連了我
的警醒與冥思。

一匹又一匹的刺繡排排
貓，行走於鏡子與現實
之間。

五爪

印有貓臉的指甲片，看起來有點粗糙，猛一看還真嚇人，不過，這是二十多年前韓國的時尚。在首爾熱鬧街頭，我注意到女孩的手指都特別的修長，靠近搭訕，原來是在十個指甲上用膠水黏了一倍長的塑膠片，就像現代的網路女孩，都有放大眼瞳的貼片一樣，見怪不怪。

但令我震驚的是，我發現有個女孩的指甲片，竟然是「貓臉」花樣，這吸引我跟著她們去逛店家，果然小小門面擠爆了人潮，大家都在搶購每週的排行花色。我努力的搜尋，卻始終沒看到，店員說，動物花樣已經過時早就下架了。那女孩不忍見我失望，於是當下就把她的「貓臉」剝下來送給我。

當年的指甲片，主要強調十指如蔥白般的「修長」，現今的流行已經來到創意世代，以彩繪或黏貼水晶珠寶作為裝飾，回頭看那以圖案印刷的五爪，雖簡陋，卻是指甲美學的老祖宗呢。指甲片的時代早已過去，但是對於收藏者的我，時間就是歷史，且永遠標示著這萍水相逢的故事。

五爪貓臉是指甲套片。

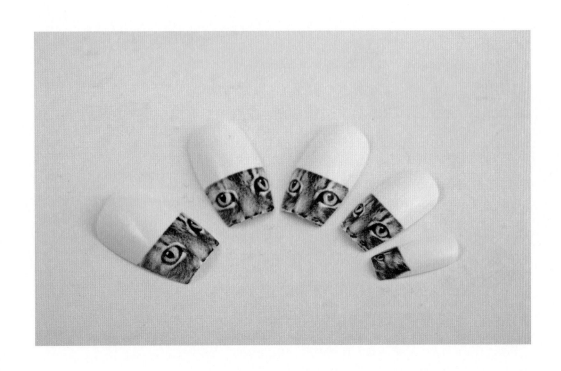

湊一腳

到了歐洲，無論是德國、瑞士或荷蘭，一定處處看得見有一種金屬「鈴鐺」，大大小小、有扁有圓，掛在屋前當門鈴或店家的裝飾，尤其到了名勝景點或風格小城，更是觀光客必買的紀念品。

究竟這種「鈴鐺」有什麼魔力，讓這些國家紛紛以國名掛帥，標榜其悠遠的歷史？德國某些城鎮目前還有流傳千年的「牛鈴節」慶祝活動；荷蘭是乳酪之鄉；瑞士的巧克力更是獨霸一方。這些國家早年的生產力都來自畜牧業，廣大的草原兜猛動物出沒，為了牧牛的安全，將鈴鐺掛在牛脖子上，發出的陣陣音響，一方面以聲辨位，一方面可以嚇走狼群。

「牛鈴」不但為了「護牛」，也成了美學文化裡的一環，「牛鈴」是鐵器時代的產品，聲音洪亮，音域高亢。三千年前，中國就有編鐘開啟了禮樂之邦，德國牛鈴則是歐洲古老的樂器，利用形制的大小與不同，發出各種音域來編曲或配音傳唱，這個傳統至今仍然延續著。那年我到了少女峰，路上就聽聞老師講述從小至盈握到重達幾十公斤的牛鈴之畫工賞析，親臨目睹正是我此行的目

掛著「牛鈴」的貓。

的。巧的是，我在滿坑滿谷的工藝品中，竟然發現「貓掛牛鈴」的鈴鐺，以鐵片彩繪貓臉做首，貓嘴上銜著粗糙的生鐵「牛鈴」。

這隻黑白貓，望著我，拙趣十足，卻又深情款款，彷彿就等待我的出現。我沒有找到也來湊一腳的其他動物，它是店裡唯一掛牛鈴的貓，難道這世上也有「貓鈴」？要嚇走老鼠嗎？至今我始終沒有答案。

青花貓家族

早在「青花瓷」因為一首歌曲而成為流行語之前，我的貓逸品中就有了幾件呢。這一套七件的母子貓，又是最讓人百看不厭。除了母貓有篤定的眼神外，其他專心嬉戲的幼貓天真無邪。其中母貓的腹部下還藏有一隻奶娃，仰躺的小貓四足頂著彩球拋玩，頑皮貓打翻桶子，正全神貫注的喝著水……

這一幅貓家庭的天倫之樂，以白底藍花的素色勾勒，格外我見猶憐。現代貓咪成為寵物後，母貓被剝奪了養育權，仔貓個個都是被人工餵養的孤兒。貓家族的自然生活情景，只能在藝術中呈現了。

青花瓷是元明清的工藝，也被視為中華民族審美理念的代表；廣義的青花包括一切白地藍彩的陶瓷器，狹義的青花則以景德鎮窯的產品為準，它有很嚴格的燒製條件，比如藍色的紋樣要有含鈷顏料發色，外罩透明釉，也就是指必須釉下彩。
我的青花貓家族，不必拘泥這些，它們不是古董，它們是我心中更高貴的永恆之神。

青花貓家族，表現惟妙惟肖的天倫之樂。

千山萬水

這些貓偶都是大家熟知的「俄羅斯娃娃」。我曾與愛貓朋友抱怨，「貓娃娃」非常難找到，至今我手上才只有這唯一的一個。但這並非從俄羅斯產地來的，而是朋友行旅到蒙古時，在旅館販賣部發現的，儘管彩繪得並不十分精采的這個貓偶，只因為有「貓」的形貌，朋友當下就決定買來送給我，更在往大戈壁前，將禮物請託旅館郵寄。三個月後，朋友結束行旅歸來，看我默不作聲，覺得奇怪，便問起這貓娃娃，我驚愕完全不知情。

朋友透過網路追蹤，旅館回覆早已下單給廠商直接出貨到台北。不知這貓娃娃的產地在何處，是俄羅斯還是中國？地理上處於兩國之間的蒙古，地緣上雖是左右逢緣，但上下往來十萬八千里路，我的貓偶如今在哪裡？

漫漫等待中，又過了三個月，我終於收到一個蓋滿各地郵戳的爛包裹，貓娃娃健在，沒有絲毫碰撞損毀，只是彩繪得不精采的神情，愈顯得呆滯、疲憊，果然是歷經千山萬水的輾轉辛苦吧。管他俄羅斯還是中國製，貓娃娃終於有了我溫暖的懷抱。

俄羅斯貓娃娃，五個成套。

鼠面貓

朋友移居國外，很多東西只得割捨，我受託照顧幾個貓逸品。其中一隻木雕虎斑貓，頭尾 48 公分，體型壯碩，與真貓不相上下，但它的五官怎麼看都像放大的鼠面；小尖嘴、小圓眼、小耳朵，尤其尾巴也忘記捲收在腿邊，直直的落在後面，分明不像貓的習性，可是四平八穩的箱座姿態，雙手搭疊合十，一副怡然自得，毫無警戒與防備的放鬆，讓人見了不免起猜疑，要問：它是貓還是鼠？

古書的《相貓經》說了十五要：頭要圓，耳要小而薄，眼睛要金色，鼻要平直，鬍鬚要質硬色純，腰要短，後腳要高，爪要深藏而具油澤，尾要長細而尖、並常擺動，聲要響亮，口要有坎，頂要有橫紋，身上無旋毛，肛門要無毛，睡覺要蟠而圓、藏頭掉尾。

依此評斷，這木雕貓倒是符合了圓頭、小耳、直鼻的好面相。儘管貓臉有鼠相，但卻是人見人愛，這貓隨便擺在哪裡都恰當，就是放它在角落，也會成為焦點，因為它與擬真之間，有些許的錯位，離具象又似另類，總讓人要多多端詳，偏偏它對於人加諸的指指點點，都當空氣，自顧享受著閒散的午後時光。

貓臉藏鼠相，卻不改貓
怡然自得的神氣。

時間之河

貓的行止坐臥，皆以圓滿、柔軟為依歸，尤其表現在睡眠行為。
貓無時無刻不打盹，隨時隨地都能禪定，呼嚕呼嚕就進入夢鄉，
彷彿有個任意門，讓貓悠然來去，在醒與睡之間。

睡覺的貓很陽光，有一種溫暖的輻射。睡貓的「招牌」模樣就是
捲成團圓；臉埋進肚腹，尾巴捲到額頭，眼睛瞇著，耳朵關著，
身首連著，全都密不透風了。圓代表圓滿、完整無缺，也象徵人
類生命孕育最初的原形，這份子宮情結便成了創作家和收藏家心
儀的憧憬。

我的收藏品中，「睡貓」簡直就有一個軍團那麼多，由於要找到
線條簡潔、又具美感的睡貓並不容易。所以只要看上眼的，一個
一個又一個都不肯放手，不知為何，忽然變得很貪心，著了魔般，
好像世界末日，生怕斷炊的飢餓恐懼，完全不管荷包失血太多，
就是永遠不嫌多。貓除了入眠在蜷縮的圓球中，也有把自己拉成
長條狀，更有四腳朝天的方塊形，無論貓怎麼睡，牠們的自在、
放鬆，都令人十分羨慕，但獨鍾圓滿睡姿，是人類寄予嚮往且難

以抗拒的心理投射。

我的睡貓藏品，有木材、水晶、玉石、玻璃、陶瓷、景泰藍、銀器、馬口鐵、布料、塑料、石頭等等，這麼多元的材質中，以這一對幾乎是抽象的水晶逸品，最具神趣。它們無形無貌，但隨便擺在哪裡，都會是視覺焦點，讓人不禁有無限的遐思，想像它們睡在時間之河，睡在夢中之域，睡在奧妙之城，睡在海洋之流，睡在銀河之夜，陶醉在詩之國度。

沉睡的貓，陶醉在詩之國度。

雙面薇若妮卡

過去，古董界的人有句行話，賣方會對收藏者這樣問：「有些新到的軟片，你可有興趣？」買方搖搖頭，答：「我看硬片。」

旁人聽了一頭霧水，原來軟片指的是書畫、是織繡、衣料、地毯掛毯等，大凡可以捲摺起來的，都叫軟片，此外如金屬、陶瓷、玉器、珠寶等，都屬於硬片。有一年應邀到馬尼拉演講，巧遇郭良蕙住同一旅館，她找我相伴看古董，我們沒出門，是商家把古董帶到旅館房間，聽見郭大姐吆喝：「怎麼，我要的不見了？」那老闆欠身說：「軟片明天就送過來，今天給您準備的硬片，件件是奇貨。」

當年郭良蕙到處大手筆挑古董是出了名，商家不僅要敬她三分，還得百依百順，我就見識了這種前清古朝的對話，如今，這都已經是四十年前的往事。現今的收藏多元化，不再是富豪專利，也不再只興古董一門，自然沒有了軟硬的二分法。

現代人玩物，品類單一，如收藏佛畫、瓷器，更細分的，如收藏

如冰山矗立的兩貓，解讀著《雙面薇若妮卡》的宿命與偶然。

祖母綠、硯台⋯⋯或以流行、興趣為主，如收藏汽車模型、公仔、工夫茶壺等，品項趨於與生活情趣或專業連結的東西，問到我時，我說：「我收藏貓。」人人都懂，不言而喻。

對於收藏，有人追求稀有、價值的欲望，有人則偏好遊戲、獨樂的境界。在古物的世界，藏品講究形制、年代、材質、作者、產地，現代大眾的收藏者，不會問這個用途為何、是什麼時候做的，他們只在意它是藝術品、工藝品、還是複製品、復刻版？之外，作者與材質或產地這三項，倒是牽涉藏品價值的認定。

在我的收藏裡，代價最昂貴的貓逸品，要數瓷器與水晶這兩種製作材質，以圖面這兩隻貓，如冰山矗立模樣的前者，正是法國百年名牌都慕 (Daum) 水晶，後者是德國名牌的磨砂水晶貓，它們皆在不同時間、不同地點與我巧妙相遇，而先後陪我渡海凌空行過千萬里，成為我的家人。

大件的水晶貓逸品（高 15 公分以上），在水晶動物領域中稀有少見，我收藏的這兩件，一為具象、一為半抽象，擺在一起的時候，總是讓我想起導演奇士勞斯基一九九一年的《雙面薇若妮卡》。年輕時代看過這影片，對片頭語一知半解：一片樹葉有兩面，薄的這邊有小葉脈和細毛，你的世界觀建立在你該當從哪面看，或是你可有多少觀看的方式。去年二〇一六年，此片數位修

復版上演，距離首映，已時隔二十五年，再度觀影，格外能感受片中大量出現從玻璃、鏡子、水晶球看出去或是反射與折射的影像，正在呼應角色的心理狀態。這部講兩個生命受到命運牽引，互相交換死生的蛻變，在歷經自然、熱情、必然與荒謬中，隱喻了愛、人性，以及神祕、無常。雖然劇情不易理解，但片中炫目的光影、色彩、音樂都是伏筆與線索，針對相似又相異的兩個個體，以冥冥中的感應，解讀宿命，以及偶然。

正如專家說：貓選主人；即使收藏品也是如此，回想半世紀的收藏史，這兩件水晶貓，是我在遙遠之處尋覓所得，獨一無二的它們美到極致，再也看不到比它們更好的作品了，它們難道就是為了與我相遇而誕生，我們彼此的感應，在冥冥中註定，就像《雙面薇若妮卡》，是宿命也是偶然。

金色門神

有一年在東京街頭漫步，一抬頭就看到雜貨店裡的一隻坐姿貓偶。全身金黃，胸前繫著白色三角巾，鼻子下巴也有白的色塊。貓的皮毛顏色與花紋總是千奇百怪，有的十分對稱，好像刻意布局，有的則超乎想像，難以歸類。

這隻出現在我眼前的貓偶，身高大約有我手肘的長度，市面上一般貓逸品都以小巧為多，像這樣的貓偶，已屬「大型」，也因為「大」，我曾有幾秒鐘的猶豫，只要踏入店內，我就不會空手而出，可是我如何帶它回家？就在這一瞬間，竟聽到讓我吃驚的喵喵喵，原來是老闆抱著的店貓在招呼我，這下子，我無論如何是沒有考慮的餘地了。

老闆墊了椅子才把這隻貓偶從櫥櫃的高處小心翼翼的請出來，我上前一看，又是一驚，竟是紙糊的，這是我收藏史中頭一回遇到的材質。我打量了好一陣子，想明白這貓偶是如何創作出來的，是先用木屑或石膏塑型，再糊紙嗎？老闆卻搖搖頭說：從內到外都是紙的作品。也就是說，貓的造型是以紙漿雕刻，再一層層用

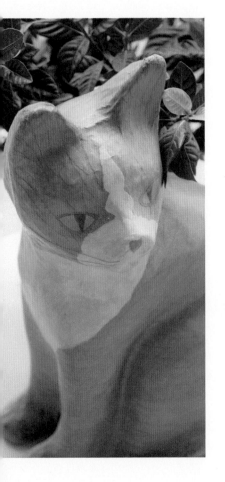

寬僅 4 公分的和紙來黏糊，由兩種不同材質的紙交相運用，一種是纖維細膩的「雁皮木」所抄的薄紙，一種是纖維強韌的「楮木」樹皮所抄的紙，先以植物色素浸染出金黃色，利用紙緣較深的色澤，以其高超的纏繞技藝，模擬出貓毛的條紋，這些細緻的紋路只有在光的折射時，才會隱約顯影露現，至於從鼻部下巴到胸口的白色，也是紙糊出的效果。

經過這樣的說明，我完全的傾倒，我回想幾分鐘之前，我何以會在店前徘徊，那應該是這貓偶有一種出奇的「和善」吸引了我，我腦中出現「和室」紙拉門所營造模糊曖昧的環境，那也是既幽玄又明亮讓人無言的風格，我端詳著眼前這透出紙魅力的貓偶，終至歎為觀止。

溫柔如紙卻結實如鋼，這金色之貓，來到我家後一直坐鎮玄關當看門貓，如果有人知道它是「紙」製，一定要取笑為「紙老虎」，可是，偏偏它這不凡的身世，而成為我家的門神。

和善的紙貓是我家門神。

陽光的信徒

朋友到巴西旅遊，聽說還沒有走出機場大廳，就遭遇搶劫，光天化日之下，不但手提行李弄丟了，口袋裡的錢包瞬間不見，連結伴的同行也如此遭殃，後來到了警局，花了整整半天時間才報案成功。朋友很沮喪，卻因為在住宿旅館發現了美麗的藝術品，心情為之大振，並把它帶回送給我。

這隻尾巴緊貼身體的黑白貓，兩眼炯炯有神，沒什麼重量，不如陶瓷、玻璃，或金屬材質的價值感，它由「有機玻璃」之稱的壓克力所製成。壓克力，一般被視為塑料，價格低廉，但具有百分之九十二的透光度，硬度高，具可塑性、質輕光澤，易於加工產品，是玻璃的替代品，運用在如眼鏡鏡片等。沒想到，這隻貓就是用它來完成，我一眼就愛上了，心裡立刻浮出歌詠：
貓是陽光的信徒，也是黑暗的膜拜者。牠接受光的能量，又懂得享受幽暗的情調。
除了圓滾滾的雙眼，這隻貓的形貌，全由點與線所結構，留白空間則凸顯貓皮毛的柔軟、溫度，簡單得如此純粹，一如清水、空氣，把貓無為又圓融的氣質，表現得天衣無縫；這是巴西藝術家

令人歎為觀止的傑作。

朋友說，當下，這貓彷彿向他召喚，鼓勵他了結怨懟，去感受巴
西藝術之都的氛圍，於是，才有一段流連忘返的豐盛旅程，儘管
數日之後要離境了，搶劫事件仍沒有下文，他也不再抱怨失去財
物的不幸，反而像得到什麼獎賞而莫名興奮著，足足證明了：貓
是最佳的解憂者，藝術更能修補創傷……遙想朋友發生在南美洲
喜憂參半的故事，我只有無言以對，這貓隨著朋友飛繞三十個小
時，來到我手中，我端詳著它，撫摸著它，質輕價廉的壓克力材
質，無損它的藝術表現，甚至是彰顯了可親的隨性，以及高妙的
趣味。

巴西藝術家的貓傑作。

布製貓書

我收藏的貓逸品中，「貓書」這一項的數量最為大宗，四十年來，一共有近八百餘本的藏書。它們隨著我搬家到每一次的新居，如果有遺漏，都因出借未歸。

「貓書」不外就是出版品，文字或繪本、原文或翻譯、攝影或插圖、月曆或日記，開本從小到大或特殊尺寸，林林總總，無論什麼內容，都涵蓋在「紙製」這個材質，「書」，很少逾越傳統的印象，當然現代時興的電子書，那是另當別論。

至於使用「布」當紙所出版的「布書」，通常出現在兒童「玩具」之列，有將圖案印刷在布上，也有先將圖案如動物、物件等縫製成形後，再與布體合成書，稱為立體布書，適合幼小的孩童運用視覺、觸覺做學習之用。

貓書也有「布書」，這很稀奇，令人驚喜。這貓布書沒有陳列在書店，也非孩童的玩具，它是針對給觀光客的「紀念物」，更是一般人作為餽贈的選項。我二〇一六年到京都旅遊，偶然逛「禮

布書：《貓語錄》封面，全書共有十頁。

猫語録

猫に小判
高価な物の価値がわからない。ネ眠い・・・・

🐱 猫にまたたび
　効果絶大・パワーアップ・大好物

🐱 猫にかつぶし
　過ちをおかす、危険な状態・・・フー

🐱 猫またぎ
　まずくて、見向きもしない

品」店時發現，當下真是驚豔不已，一本印著與我的著作《貓語錄》同書名的布書，竟然就出現在眼前。翻開封面，頁面圖文並茂，內容全是貓的諺語，揀幾則分享愛貓族：

給貓木天蓼（形容投其所好。）
給貓柴魚（形容有出其不意的危險，要小心。）
給貓傘（形容被嚇到，討厭的事。）
連貓的手都想借（意指人手不足，忙不過來。）
罵貓還不如把貓關起來（意指在事前就該先研擬對應方法。）
在貓面前午睡的老鼠（形容迫在眉睫的危險，還毫無自覺。）

除了這本《貓語錄》，還有其他各種題材，如：《貓的休息》、《貓的多變》、《貓事》、《貓手巾活用術》……這些布書以模仿線裝古書的設計，雙摺成頁，全書共有十頁，有封面、封底。如果把裝訂的線剪開，便展開成一條長形的布巾，可當頭巾、包袱巾、圍脖巾、擦汗腰巾，亦可當裝飾：如鋪在桌面、綁在提籃、掛在窗上……不可思議的多元功能，令人歎為觀止。自此，我的貓書收藏又多了這無法歸類的一項。

文圖並茂的彩色布書內頁。

拆散與組合

經過賣拼圖的店，總是要流連一番，期待無意之間，能發現貓的拼圖，但看到的往往是攝影的「真貓」，至於世界名畫或創意插畫的題材，幾乎找不到。倒是二〇一五年《愛麗絲夢遊奇境》（1865 年初版）欣逢出版一百五十週年盛事，文學界為紀念作者路易斯·卡洛爾（Lewis Carroll），紛紛推出新書，倫敦的書店擺滿了各種版本以及周邊產品，朋友特別寄來了那隻趴在樹上、咧嘴而笑的「柴郡貓」拼圖，這是我唯一收藏的「貓」拼圖，也由於有五百片之多，對我的耐心與眼力是高難度的試煉，拆封後至今尚無法完成。後來又買了流行的「著色本」，也因害怕挑戰，中途將「笑貓」擱置了。

最近買到一個「類拼圖」的「貓手遊」，長 11.5 公分、寬 6 公分的盒子裡，有五彩貓，大大小小十二隻，它們各以不同姿態彼此鑲嵌、互扣，一如擠在碗裡的「貓鍋」。不過是十二隻罷了，總不會比五百片的拼圖難吧，立刻將盒子的貓倒出來。

「拼圖」是將散碎的不規則紙塊，經過搜尋與比對，在既定的框

「類拼圖」的十二隻大小貓，讓人很頭大。

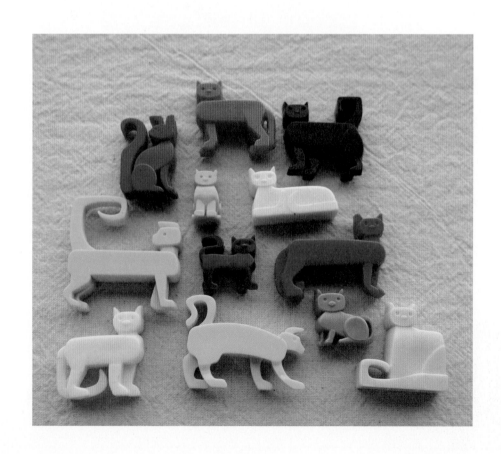

內組裝回原本樣貌，雖然看似平面工作，但究竟該以圖塊切割的凹凸曲折作為嵌合定位，還是要以圖塊色、相的連貫作為接續，在這兩條交界的路上，往往不斷出現意外的挫敗與崩潰，所以，能毫無瑕疵的完成一幅拼圖，就是感受那奮鬥不懈的甘美。

看著十二隻貓散在桌面，一時竟「不知所措」；這「類拼圖」的手遊，基本遊戲是要把十二隻貓兜回盒子內，再則，將貓隻疊成正方形，或更換其他尺寸的塊狀……毫無作弊餘地，完全得靠心、眼、手、腦互為協調的益智了。

無論是拼圖或手遊，都是「缺與滿」的對話、「起點與終點」的競擇，貓手遊得來如獲至寶，但出乎意料的「不簡單」，讓我記取遊戲如人生，在拆散與組合的過程中，遭遇愈多難題，愈發精采有趣。

鑲嵌互扣在盒子內的貓手遊。

拙趣之扇

凱蒂貓、小叮噹到處出現，吃喝玩樂的生活雜貨中不乏這兩大卡通招牌，可是，成為一把可開可闔的摺扇，倒是很稀有。

很多貓友問我，怎樣選擇收藏品？這題目雖然很廣義，但我的回答都是「順眼」了，它就是。以圖中的摺扇來說，它們是廉價的塑膠產品，擺在一間童裝店門口的小桌上，應該是特別拜託的寄賣商品，為了吸引顧客順便給孩子買個玩具吧，它們不起眼的堆疊在鞋盒大小的紙盒內，大概為了省空間，它們一把一把用橡皮圈束著，所以初看絕對不會想到它是什麼玩意兒。

我原本已經走過了店家門口，卻忽然回過頭來，那一瞬間，眼睛被什麼閃到了，於是停下腳步，仔細端詳，並拿起它們一一展開，在耳邊扇一扇，風還真的很涼快，把可愛的貓臉印在塑膠摺扇，雖粗糙但創意有夠神。

收藏品的選擇並沒有標準，以貓的隨性、自由為發揮點，如果加上「美學、創意、奇搜、稀有」這些條件，再佐以「理性、感性」的雙重評估，大概就錯不了。

秋涼以後，扇子就被拋在一邊不用了。這是成語「秋扇見捐」的解釋，比喻古代婦女遭到丈夫遺棄，也意味著「色衰愛弛」，其典故出於漢朝的班婕妤所書寫的詩歌《怨歌行》：新裂齊紈書，鮮潔如霜雪；裁為合歡扇，團團似明月。出入君懷袖，動搖微風發。常恐秋節至，涼飆奪炎熱，棄捐篋笥中，恩情中道絕。

可是，我這兩把塑膠摺扇在秋天卻多所妙用，告別夏天冷氣房，在秋爽時節，帶著貓臉摺扇到河畔，悠悠流水、習習涼風，貓咪呼嚕呼嚕的聲息，伴著我扇風的節拍，一起演奏著秋光奏鳴曲。多麼享受的時光，日常，貓的收藏品往往也能派上用場，我慶幸每一次與貓逸品的發現、相見、擁有⋯⋯

年年是貓年

新春時節的洋洋喜氣，以農曆生肖動物的輪值，最能與傳統過年的氛圍結合為一，無論月曆、春聯或日常用品，都少不了利用該年的生肖作為設計概念。

古早年代，村鎮民家蒸製年糕時，也會為孩童特別捏塑生肖的麵粿，在我的家鄉幾乎每個媽媽都有這種「手藝」，除了吃食外，凡是用動物形貌做出來的玩具，一律叫作「雞米狗仔」，立體的有泥塑、紙糊、布偶，平面的則有畫片、剪紙。其中，剪紙最難，它無法依樣畫葫蘆的隨意造型，除了要有繪畫底子，還得釐清「填」（保留）與「除」（捨掉）的技巧，因為剪紙是一門「鏤空藝術」，利用透空與線條之間的衝突，造就影像，延伸想像。

十二生肖是吉祥物，最適合拿來當剪紙主角，但對我來說，年年是貓年。我的年都由貓守候，所以我的典藏中也不乏「貓剪紙」。早年到大陸旅遊，看到最多的是「揚州剪紙」，據說揚州早在唐宋時期就有「剪紙報春」的習俗，剪紙是揚州的全民活動，尤其在立春之日，每個家庭都會「剪紙會友」，以欣賞為樂；每逢節

現代創意春聯（渡渡藝術工作室作品）。

慶或祭祀，也有專門用途的剪紙供應，發展到清代，剪紙藝人根據日常生活的需要，創作各種「繡品底樣」，品項從門窗、壁面、被套、枕套、服飾、香囊、絹帕、手袋……舉凡可刺繡的地方，必有剪紙底樣可供選購，剪紙市場因而非常興盛，成為揚州獨特的藝術語言。

如此悠久的歷史淵源，使得揚州剪紙在二○一○年，被聯合國列入「人類非物質文化遺產代表作」名錄。

我早年所收藏的「貓剪紙」，都是古典風格的具象紋樣，如貓在花園、庭院玩耍，襯托出蝴蝶、花卉、山石、池水、植物的景致，手法細膩、生動，線條流暢、秀麗。近年發現台灣的剪紙藝術不僅普及，在運用上更超越了時空，如雲林虎尾北溪里的「剪紙藝

傳統的貓剪紙，手法細膩生動，線條流暢秀（揚州剪紙）。

術村」，利用村民塗成白色的屋牆、圍牆上，以十二生肖、戲曲
人物、廟會活動、花鳥蟲魚等等剪紙題材彩繪其上，由藝術家鄭
元東老師帶領虎尾科技大學的學生所完成，這項傑作因而造就了
村鎮的觀光熱潮，遊客絡繹不絕。

另外，更令人一新耳目的，則是「渡渡藝術工作室」的創意，這
家獨樹一格的文創公司，將「剪紙、版畫、紅紙、春聯」四種不
同的民俗藝術，變成「版畫紅紙」「版畫春聯」，結合了「剪、
刻、上墨、壓印」四種手作技藝，並在油墨與紅紙做特殊的選用，
尤其在題材的布局，更是顛覆了窠臼，每一幅作品都讓人驚豔、
感動，「驚豔」來自其創意的美感，「感動」來自生活的質地，
除了當作春聯張貼，也可以裝框妝點居家空間、美化商場……這
裡面所蘊藏的台灣色彩、台灣風格與台灣情感，表現了新世代的
作為與非凡發聲。

豆物狂

我的收藏品中，有一類叫作「豆貓」，最小的逸品，比指甲片還迷你，但貓的身形一應俱全，還有直接就取黃豆當素材，在上面點描眼睛鼻子，再裝上一條絲線當尾巴……

興起這類將實體縮小的趣味，為首的必然是「豆物狂」的日本。日本人喜愛「豆」、「雛」等詞彙，圓球體的豆子象徵宇宙凝縮的形象，「盆栽」、「一寸法師」、「豆書」、「豆車」、「豆玩偶」、「豆皿」……只要與「豆」接在一起，突然都「縮小」了；「雛」則意味著「尚未成熟」，也帶著「縮小」的含義，以表現在女兒節的人偶上，最為經典；甚至現代大人小孩通吃的「扭蛋」、「食玩」等玩具發明，也都是「豆」系列的不斷擴張。

然而我的收藏卻印證「豆物狂」其實是普世皆歡的價值。來自歐洲，坐在小小鋪墊上的黑白貓，樣態悠然、神情自若，濃眉大眼的粗線條，有漫畫的趣味，看不出它僅 3 公分不到；鋪墊是華麗的織錦布料，金絲繩邊，貓偶則由陶土捏成，上面覆以漆器的亮面塗料，再加上顏彩精工描繪，工夫上乘，屬藝術家的創作。這

小與大的對比與衝突，
使貓逸品的趣味無限。

迷你貓偶，並非量產，所以售價不菲，可能比一隻十倍大的逸品更昂貴。

為了凸顯這隻藏品的「豆」，靈機一動，拿了大瓷貓隨意當背景，竟然拍出這樣的效果（如圖），使我聯想起家鄉的鄉野傳說，母貓生產的時候，若被屬虎的人撞見，母貓會把初生的孩子全部吃掉。

生肖屬虎似乎意味著氣勢強旺，萬事萬物敬而遠之，但母貓食子的傳說是否屬實，誰也無法見證。根據動物學家的研究，貓並不是「虎姑婆」，貓和其他貓科動物一樣，都是肉食動物，肉食動物對不會活動的東西，不把它視為生命，母貓發現窩裡有體弱奄奄一息的小貓，會加以吞食，結束牠小小的生命，以便讓健康小貓有更充足的奶水可吃，完全符合優生學，也是肉食動物的生態行為。肉食動物善於狩獵，為了出擊，貓對埋伏有著極大的耐性和專注力，假若捕獲失敗，貓也不至於懊惱，因為牠們是理性且聰慧的智者，只是為了平衡自尊，有的貓會順勢起舞，以掩飾自己的笨拙、失態呢。

豆貓的表情，看起來是輕鬆、閒散的，完全不知「背後靈」的大貓虎視眈眈，兩眼聚焦於它。大貓到底是在瞄準獵物，還是充當護衛保母？就讓觀者自由想像了。

時間之子

母親的嫁妝中，有一套茶具和一座化妝鏡台，都是漆器製作的工藝品。茶具包括托盤、茶壺、茶杯共六件，托盤與茶壺的盛裝內裡都是紅色，外緣搭配黑色，並有金粉描繪的四季花草，稱之為「蒔繪」，茶杯則紅黑各一對，卻神來一筆的在杯底露出了一抹互換色。

當它們被拿出來使用時，漆器閃爍著深沉、含蓄的光澤，隨著溫熱茶水，接觸到嘴唇時，有種獨特質感，好像在呼應人內在的聲音，發出一種自然材料才有的魅力。此時，不只享受茶香，也被這奇異的感受陶醉，就是平時粗魯的人，也不禁變得優雅有禮了。然而，這上好的器皿，在古早年代，只有年節喜慶或貴客臨門時，才會拿出來使用，倒是那個化妝台，一直擺在和室的一角，只要掀開垂掛其上的刺繡緞料，就可以欣賞到貝殼切割成碎片所組兜而成的山川、樹林與星月，這些小花樣不規則的鑲嵌於木材胎體，然後一層層反覆髹上漆樹所流出的樹液，靜待乾燥後，再打磨拋光，稱之為「螺鈿」，製作上，漆扮演的功能不只是塗料，也是黏著劑，它是日治時代相當名貴的家具，不同的貝

漆器本身的光澤隨光源變化，是攝影鏡頭最難克服的陷阱。

殼切面，輝映著渾厚內斂的五彩光芒，讓人彷彿徜徉在深沉浩瀚的海洋中。

幼年時候，我常把糖果、蜜餞等零嘴藏放在這座鏡台的小抽屜裡，不是捨不得吃，而是才有理由在它面前流連。母親的嫁妝，在父親過世後，一一變賣殆盡，美麗的器物之崩落，也象徵家族的離散，只是記憶不會消失。那曖曖含光的器物底下的核心材料，可以應用各種材質，但若以漆樹本身的芯材當胎體，就是最珍貴無價了，就好比把漆樹的魂魄與肉體合一還原，只是移植到器物，再生成為不朽的藝品。

有一年到了東京，特別去參訪「傳統工藝青山廣場」，原是為了回味老家曾經擁有的漆器印象，不料竟找到一對漆器貓。黑貓身上有著彩繪花樣，十分精巧可愛，回家後，我供在案頭，時時凝視著它們，不敢拿在手上把玩，生怕傷了漆色，其實漆器等同「時間之子」，不僅製作上非常耗時，漆器愈使用，表面愈會生出光澤，隨著時間沉澱，顏色也會逐漸發生變化，超越想像與預料。漆器如同生命體，誕生後不是朝著老死，反而投射出不朽之華。漆器可以說是在手上孕育的物品，它的精采不該只是觀看，從老家的茶具、鏡台到這貓，來去已經數十載，從年幼到年老的我，應該甩掉不可逆的記憶，以溫潤之手，擁抱這獨一無二的漆器貓收藏。

期待貓出現

「貓咪收集」的熱血迷如我，每天起床第一件差事，就是打開這個遊戲介面，收整環境、放糧餵食，以等待貓咪的出現；全天候殷勤的伺候，心甘情願。

若非「貓咪收集」（又譯為「貓咪後院」）的玩家，一定不知道我在說什麼，但當你看完本文，必然會加入行列，開始為貓打點玩的、吃的……樂此不疲。

「貓咪收集」是日本高崎豊所開發的智慧型手機遊戲，他說原本只是想讓貓迷玩個兩三週最多一個月的程度，沒想到二〇一四年十月推出後，出乎意料的受到極大歡迎，僅一年時間，下載就突破五百五十萬人次。二〇一五年七月三日美國的 CNN 電視甚至以專題報導播出，之後，日本本土以外的海外貓迷迅速增加，人數佔了四成以上，顯現這個遊戲的成功，有幾個關鍵元素，如：單人玩不需結伴、遊戲設計簡單但可愛療癒到不行、沒有語文隔閡一看就懂、不必花錢無壓力、懶人也可玩（但就是等不到貓咪出現，說不定會暴怒、沮喪）。

利用拼豆完成收集貓裡的角色。

寵物遊戲的類型歷來繁多，大家都養過各種動物或植物，但幾乎沒有一個能像「貓咪收集」這樣讓貓迷欲罷不能，開發商也只好應市場需求，持續的發明更多更妙的創意，這個遊戲不涉及「生養」（故沒有送死的憂傷），只需關注讓貓咪出現的「誘因」，如：勤快餵食、提供玩具、更換家屋環境，喚起貓咪對優質食物、新鮮空間與新奇玩具的好奇心，而願意走進你所設計的舞台，與你成為虛擬世界的生活伴侶。

貓咪出現，並未依照你的期許（不順從本是貓的特質），玩家需要學習不「患得患失」的能耐；遊戲中有各種性格與花色的貓，更有數十隻穿了服飾、兩腳直立的類人「稀有貓」，牠們需要配合專屬的家私、用品或玩具才會偶然現身，讓你一陣驚喜而禁不住要呼喊「萬歲」！高崎豐說，遊戲中有許多元素是日本人才能意會，如穿著棒球裝的「稀有貓」，所穿的正是「阪神虎」的制服，這只有球迷或日本玩家才看得出來，為此，他還向海外玩家致歉。

自上線以來，遊戲裡的貓咪或東西，每一樣都成為實體的「周邊」玩意，並出版漫畫、貼圖、圖冊、音樂 CD，二〇一七年還有真人電影《貓咪收集之家》，由伊藤淳史主演的院線片。

目前遊戲有日文版、英文版，針對為數不少的中文玩家，高崎豐

曾表示會考慮「中文版」，好在台灣玩家中，有「綺麗小姐」的全攻略網站，巨細靡遺的為貓迷翻譯、教導，並解決疑難雜症，是「貓迷收集」的萬能百科全書。

可惜，那些周邊玩具或出版品，都必須到日本才買得到，不免讓貓迷感到失落，最近一位手巧的貓友有了新招，利用「拼豆」材料（每一粒只 0.2 公分），拼出遊戲裡的「三色、虎斑、灰白」三隻貓貓送給我收藏。或許，自己動手做，是彌補遺憾的最佳方法之一。

情有獨鍾

睹物而興起的惆悵，往往比快樂的回憶更叫人盪氣迴腸。手邊這
兩個在紙袋中一睡一醒的小貓，是我收藏中比較稀少的「陶土」
佳作，陶燒的種類非常多，但不管技術如何多元，陶土樸實的本
質，一直是創作上最難掌握的表現，多一分俗氣少一分曖昧。

那是個傾盆大雨的日子，記得郵差送來的國際航空郵包，外包裝
早已溼答答，寫在上面的字跡都模糊了，但我一看就認出是琦
君大姐的筆跡，那一陣子她二度因夫婿的工作而赴美定居，我們
只能勤快通信，以閒話家常填補彼此的思念，她描述著異鄉小城
的生活點滴，言語中總是有無法養貓的遺憾，愛貓而無法與貓相
伴，是人孤寂時最致命的疼痛，我因此成了她最羨慕的人，千里
之外送來她的祝福，拆開郵包，彷彿看見琦君大姐拎著兩個提袋
向我走來，驚醒了其中一隻貓，睜著好奇眼睛四處尋望，另一隻
則不管周遭發生什麼，不動如山的呼呼大睡。

提袋繩索安靜的垂下來，顯現它們靜止在我面前很久很久，「是
啊，沒錯，就是送給妳的。」琦君大姐像送子鳥般的，放下紙袋

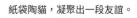

紙袋陶貓，凝聚出一段友誼。

就飛走了。

貓對於只有單一入口的東西情有獨鍾，比如盒子、袋子這類充滿未知的空間，具有探索深意與挑戰興味，尤其是紙材，貓更是幾近瘋狂得愛不釋手。

琦君大姐送的禮物，正是以陶土燒出紙製品獨有的質感和光澤，小貓稚嫩的皮毛與纖細花紋，也表現得栩栩如生。在紙袋的底部，刻有一串手寫簽名：

Oakleigh Arts Cat NAP，這應該是廠家的品牌名稱。在尊重藝術創作的歐美，「名家貓」必定是以創作者的名字作為招牌，顯示它是獨一無二，沒有人可以模仿與再複製。但是「名家貓」中也有量產的作品，它的名字就不是個人，而是品牌或商標。

自古以來，貓的優雅成了藝術家創作的靈思與原型。無論是文學或美術，都有大量的貓題材留下不朽的作品，使貓美學得以發揚光大，幫助俗世人類對「真善美」的追求有所啟迪。

琦君大姐還附了一張短箋，說明為了郵寄安全，選擇「小貓」最適切。原來，這是她的幽默，也是她的明智，偏愛「陶」作品的她，特別找來「迷你」貓，是考量了破損風險，日後幾番寄來的

禮物，尺寸也更小、更微，有的竟只有指甲大小，
但全都來自各國藝術家的珍貴作品。

琦君大姐信上說：「為妳的收藏增添一二，使我心滿意足。」沒
有貓的她，反而心心念念找「貓」送給我，想來，在尋尋覓覓的
當下，她其實把缺憾還諸天地，已經釋然了。

那些年，我就這麼厚顏的等著收到她的貓禮物，當時收藏貓逸品
很不容易，尤其是名家作品或口碑品牌，必須先求這方面的專業
知識，再親自前往尋覓洽詢，不像現今逛逛網路，各種平台五花
八門，貨品琳琅滿目，看上了就直接訂購、付款。全球化的現今，
所有物質都已經超越地域、疆界，不再稀有，當然也不再神祕；
求同的科技時代，生活步調、人際關係都改變了，但有些屬於靈
魂的、承情盛美的事物，卻不會有所異動，就像貓對於盒子、袋
子的探索嚮往。

這一對紙袋小貓，是我與琦君大姐的友誼銘記，陶貓不會長大，
但時間會老，這裝滿鼓勵、關心、認同和祝福的禮物，也是飄過
千山萬水的情義，聚散於虛空之間，互換篤定與明白。

貓物語　貓是 EQ 的祖宗，最懂得情緒管理的哲學。

葉懿瑩　有時喜歡提弄你,不過是無傷大雅的那種提弄.像這一些小筆,小夾子在你胖胖的背上.真是無聊又有趣.我想你應該不會太介意吧?

心岱　這是烏雲蓋雪貓,背部像一個黑幕面.筆來作畫也歡迎。

TYING YEH

貓物語　　　貓的藝術就是自己浪漫。

葉懿瑩
喜歡這樣靜靜的看著你們，當你們
也靜靜的看著眼前的　這一片風景。

心岱
貓常常眼觀前方，不知所終，像在放空
或神遊。貓也會與人四目相望的凝視久久，
這時，靜默是最好的靈通，喜歡獨處的貓，
無論坐臥行走，都是一片好風景。

貓物語

貓的凝視只為了說：我們在一起很幸福。

葉懿瑩

我知道這塊鮭魚相當肥美誘人，謝謝
你們願意按捺住性子與口中滿溢的
唾液，安份的待在廚房吧檯上陪我做菜。
還是我誤會了？你們只是在監督著我：
還不快料理那塊鮭魚！

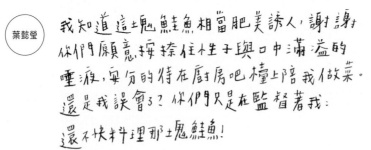

心岱

好幸福的一幕，料理廚房裡的食材，
還有靜靜等待羹食完成的貓。
幸福滋味都在這一幕了。

獨行俠

作家魯德亞德‧吉卜林（Rudyard Kipling，1865-1936）他在一九○七年為英國拿下第一座諾貝爾文學獎，他不但是名聞四海的小說家、詩人，更為孩子們創作了很多高質量的「童話」，其中別具一格的「獨行的貓」，至今舉凡貓哲學、貓美學的研究論文，一定會將之奉為經典之作。

在吉卜林的故事中，貓是最後一種願意走出叢林，並與人類共處換取溫飽的動物。當貓看到其他動物搬進柵欄被圈養後，他來到人類的洞穴口，對著女主人說：「我不是你的朋友，也不是你的僕人，我是獨行的貓，但我希望住進你溫暖的洞穴，飲用香甜的牛奶。」貓接著提出他的本事，向女主人證明他的價值：「我會待在房間溫柔的照顧嬰兒，防止猛獸入侵，蚊蟲叮咬，並成為孩子的玩伴，讓妳能專心家務與烹煮。」

女主人很快與貓達成交易，並答應貓的條件，於是貓就像打卡的上班族，白天充當嬰兒保母，夜晚則恢復他的天性，他可能爬上樹頂或屋簷，也許回到叢林，搖著尾巴，獨自走著。

知名品牌 CHA CHÁ CAT
所設計的黑貓，以軟薄
的橡膠為製作材質，其
行姿儀態比擬真貓動作。

吉卜林描述在文明與蠻荒交界的時空，貓為了求生，但堅決不出賣自由，雖進入人類社會，卻是唯一不被馴服的家畜，選擇做永遠的「獨行俠」。

浪頭上的貓

朋友在二手書店發現了兩本貓封面的雜誌，特地買來送我；貓雜誌當然會以貓做封面，這不稀奇，難得的是這兩本並非貓雜誌，而是日本最具代表性的出版社之一：株式會社新潮社所出版眾多雜誌中的月刊《波》。

《波》是屬於「出版情報」類的內容，取名「波」應該有「波浪」、「後浪推前浪」、「點滴匯聚成波」的意涵吧。它創刊於一九六七年（昭和四十二年），二十五開本，單色印，當時每期二十四頁，定價日幣十元，以季刊發行。一九六九年改為雙月刊，頁數大為增加，一九七二年後，改為月刊，每期在二十七日固定出版，二〇〇七年一月號的頁數已經是一二八頁。

我手上拿到的一本是二〇一三年八月號，封面是攝影名家岩合光昭的作品，內頁一二八頁，另一本二〇一五年六月號，內頁已增至一四四頁，定價日幣一百元，合台幣約三十元。

日本新潮社出版的《波》雜誌封面有「貓」。

「與貓的幸福契約」──貓封面之1

岩合光昭是拍攝野生動物的大師，其中更以拍貓為讀者所風靡，愛貓的他，當鏡頭對準貓的時候，他仍然秉持拍攝野生動物的手法，也就是說除了要具備豐富的生態知識、敏銳直覺、絕佳耐性外，更強調以不介入、不干擾的態度看待與面對。他拍下貓在都市、郊區、港口、店鋪……等「自然棲地」的生活姿態，風格真實而直接，不追求決定性的瞬間或唯美的光影，畫面中往往帶入大量的環境背景，造就了岩合光昭的作品耐於閱讀、訊息豐富的特質，也因此顯得與眾不同。基於這樣的拍攝理念，岩合光昭不主動親近、更不餵食貓，但貓卻常常喜歡圍過來，甚至爬到他身上。

這一期的《波》，以一張在庭院角落休憩的虎斑貓作為封面，背景是錯落的磚色植栽盆，以及隱約閃著陽光的綠葉；貓顯然剛睡醒，慵懶的眼神巧妙的被捕捉了，貓身上纖柔可見的皮毛呈現了溫暖的午後陽光。這是一隻居住在義大利的虎斑家貓，雙手併攏的悠閒神態，幸福，一覽無遺。

以國度為主題，岩合光昭這次推出的攝影集就是：「義大利的貓」，在出版的同時，飲食、生活散文家平洋松子寫了〈與貓的幸福契約〉書評，她在文中表示自己養貓二十三年，深知貓不為

人所支使的難處，而岩合光昭最厲害的就是，被拍的貓完全沒有不願意，彷彿與攝影家心心相印，有著什麼默契似的。這種「自然」的攝者與被攝者之間的交流與互動，到底存在著什麼祕訣？

岩合光昭曾經在演講課時回答這樣的問題：「在準備按下快門之前跟貓說：『不要動，停止呼吸！』這時候貓會定住，我就拍到照片了。跟貓說話，牠是聽得懂的。雖然如此，但是能不能拍到貓的好照片，跟貓看不看鏡頭沒什麼關係。」

至於貓的表情，他說：「貓不管什麼表情都無敵可愛！我不喜歡從刻板印象出發，總是在尋找我自己看貓的方式。如果你的注意力都放在貓身上，拍出來的照片就只會是貓的動作，所以背景和光線也很重要，你可以尋找讓貓看起來更圓潤的光線，並利用陰影來構圖。我拍貓的時候，會同時考慮貓和背景這兩件事。」

三言兩語，卻是大師到達爐火純青境界的修煉工夫呢，《與貓的幸福契約》果然值得一看再看。

「佐野洋子的貓」──貓封面之 2

二〇一五年六月號的封面，是一隻貓斜臥桌緣，桌上散放著手寫

稿樣、畫簿、照片，還有一本剛出版的書《我的猴兒子》。

這是作家佐野洋子的書桌，可是，作家已不在人間，場景應該說是「過去的現在」，但雖是「虛擬」，卻又彷彿從凝視的貓眼中目見坐在桌前的佐野洋子，正在與愛貓對話呢。

這張封面主要連結佐野洋子密藏三十餘年的手稿，在她過世五年後，終以《我的猴兒子》（繁體中文版 2016 年由寶瓶文化出版）出版問世的紀念特集，雜誌首頁就刊出日本知名女作家角田光代所寫〈母親的時間、孩子的時間〉，以及內田春菊寫的〈讀了就幸福〉兩篇評論特稿。佐野洋子這本描寫獨生子從上幼兒園、國小到青少年時期的散文，生前均未發表，直到後來，兒子小弦才發現，並為此書繪畫封面。

佐野洋子的散文向來誠實犀利，每一篇章都真切描摹她生命裡的各種體會與心情。本書以一個冷眼旁觀的母親，只用事件與對白，寫下了孩子從幼兒園到青春期的各種成長記錄與情緒反應。作者沒有說教，也沒有結論給讀者。

關於母愛，她自省：「毫無疑問地，我相信我很愛孩子。但是，我對孩子的愛是否足夠？是否恰當？」對兒子懷抱著深奧又惶恐的愛：「我想緊緊擁抱你一百萬次，但也必須學會放手，一百萬次。」道出了天下父母共感的心聲，以及親子之愛的極致與矛盾。

重現佐野洋子的書桌一景。

monthly magazine Nami

波

2015 6

新潮社

表紙の筆蹟 佐野洋子

愛貓出名的佐野洋子，一九九七年以《活了一百萬次的貓》（繁體中文版 2010 年由上誼出版）成為舉世聞名的繪本作家；這本繪本被讚譽為「被大人和孩子愛戴、超越了世代的圖畫書」、「描寫了生與死以及愛，讀了一百萬次也不會厭倦的名作」。日本《週刊朝日》的書評：「說起來，這也許是一本給大人看的圖畫書，就算是給大人看的圖畫書，孩子也能從中得到樂趣吧，這才應該是圖畫書的本質。而《活了一百萬次的貓》正是抓住了圖畫書的本質。」

佐野洋子除了這本代表作之外，相關貓題材的作品還有《那邊的女人，這邊的貓》（繁體中文版 2002 年由方智出版），這本貓書由線條繪畫與短句文字構成，難以歸類，內容是一個裸體女人與一隻公貓的對話，在缺乏交集的你來我往，呈現不受道德禮教束縛的豁達人生觀，同時影射男人女人截然不同的生活論調。

《貓咪，請原諒我》（繁體中文版 2016 年由大塊文化出版），則以隨筆篇章回顧曾經相遇的貓咪與人們，毫不避諱的表達薄脆如紙的心思，對自我情感的審視，無論溫暖的、黑心的、虧欠的，凜凜然、赤裸裸的行文風格，被視為佐野洋子的創作原點，書中更配有珍貴的作家親筆貓插圖。

《波》雖屬新潮社，但內容所及卻擴及讀書界、文藝界的最新情

報，即使在其他出版社出版的作家與書，也會受到大版面的推薦與介紹，每期雜誌有專題、人物報導、對談、座談、小說連載、新潮選書、書評、書介，還有回憶錄、作家祕事等等。

眾所皆知，新潮社以文藝類書籍而聞名，旗下文學家眾多，對外並設有稱之為「新潮四賞」的獎項：三島由紀夫獎、山本周五郎獎、小林秀雄獎、新潮文學獎；另有新潮學藝獎、川端康成文學獎、新田次郎文學獎、萩原朔太即獎、日本幻想小說獎、R18 文學獎。而包括《波》在內，共有十五種雜誌的發行，週刊、月刊之外，還有「會員制的雜誌」，是以專門事物為對象製作的刊物，一年一期，或一年三刊不等。如此龐大規模的文化事業，有如無邊無際的滔滔大海，我手上這兩本貓封面的《波》，便猶如浪頭上的貓，彌足珍貴的來到我的藏書庫，成為另類的「貓收藏」。

佐野洋子的《貓咪，請原諒我》書封和內頁插圖。

貓國烏托邦

台灣人的貓熱可從「哈日」追溯，緣起於看動漫長大的六七年級生，這一批少年小時候玩任天堂，看宮崎駿，那時很多出版品沒有中文，為了要看懂內容，日文補習班很受歡迎；千禧年前後，這些崇尚日本文化的年輕人，平時努力打工賺錢，將積蓄投注赴日的旅遊，以「哈日」身分為自豪，日本是愛貓民族，很多創作都可看到以貓的原型做表現，尤其是生活雜貨，食衣住行育樂裡樣樣都有貓的影子，哈日族受到潛移默化，不僅消費、學習這股現象，也把貓的美學融入了在地生活。

長期收集貓書的我，早期都要在國外才能找到心儀之作，二○○○年之後，原文貓書、翻譯貓書，在出版界形成了一陣高峰，其中尤以日本插畫家的作品最為叫座，有的是 MOOK 雜誌輸入，有的是授權中文版，一九八七年池田晶子的達洋貓繪本在日本推出後，除了出版品外，作者以書中描繪的角色、場景、物品所延伸的「生活雜貨」也大為暢銷，命名為「瓦奇菲爾德」的招牌，成功的塑造了一隻貓明星「達洋」，以及他和動物朋友們在森林生活的故事；這種用平面插畫，突破視覺之外，建立起讓

常守候在車站站牌的卡蜜拉，為迷路的貓指引方向。

人類嚮往的美好世界，彌補了現代人出走大自然的缺憾。

池田晶子的繪本書，要到二○○五年台灣才有中文版，但也僅限小部分，這之前，瓦奇菲爾德的門市就開了很多家，在沒有「部落格」「臉書」的年代，會員粉絲已經高達幾萬人。

緊接著二○○七年台灣終於有出版社拿到《貓國物語》的授權，這是日本插畫家莫莉薊野（日荷混血）二○○一年亞馬遜書店評價 4.5 顆星的暢銷書，一共有五本系列之作的《貓國》，作者畫了九十隻貓，各個都有名字、出生、性別、毛色、樣貌、個性、興趣、職業、生長背景，他們生活在義大利南部四面環海的「NEARGO」，這個地圖找不到的城市裡，有著人貓共同建造和諧快樂的社會。

雖然明知這是虛構的國度，但是讀者只要打開書頁，就好像也進入了這個貓國烏托邦，分享著人貓共築的美妙城市。《貓國物語》著重在貓們的生活故事，繪圖之外，文學的描述更帶領讀者身歷其境，見識貓國的奇幻。它與繪本不同，並不適合開發周邊產品，倒是因應當時熱門的扭蛋玩具，將書中的貓角色，設計成精緻的立體模型，而成為貓迷最珍貴的「盒玩」收藏。

三個月大的司普茲和他的出生證明，等著提供給領養人。

貓的祕辛

這是一張油畫，主題是貓，一雙橄欖大眼的黑白貓，可是這黑色斑塊明顯比較像乳牛，壯碩的身材也跟小臉貓不搭，四肢樣態有些笨拙，倒是沖天的長尾巴，有如已經啟動的旋翼，正載著貓凌空而飛。這是造型氣球吧，不，應該是一隻想直立的貓臉乳牛。大夥兒都在猜，但是畫家斬釘截鐵的說：「貓跳起來，和蝴蝶共舞，牠們在對話。」

對於會移動的小生物，貓何時這麼溫柔婉約？不是當天敵獵取，也要嬉戲玩弄一番，畫中貓正在聽令蝴蝶教導，踮著腳、滑著手學習飛翔，可是動作卻彷彿水中游泳，是矛盾，還是顛破？一張貓畫帶來思維的激盪，但無論如何都不違背畫家的意象：貓可以什麼都是，也可以什麼都不是。

這張油畫是吳昊一九九一年完成的作品，在這之前，吳昊對貓是陌生的，貓離他的生活圈很遙遠，有一天他與友人造訪我家後，在一篇文章中敘述著：「看她抱著貓招待客人，這模樣猶如是她身上的一部分，比如五官、頭髮，或手腳、服飾等等，那印象十

「貓夢蝶」。吳昊油畫作品，（1991 年）。

171

分深刻，雖然平日很少往來，不過，偶爾就會想到那詭異的鏡頭。」

文中所提到的貓，是一隻暹羅貓，經常膩在我懷中，不管我在忙什麼，都要黏在一起，原來，在畫家眼中，我與貓的如影隨形，竟然也牽動了靈感風景。「我突然有要畫貓的狂熱，不知為什麼，這陌生的動物，竟日日出現在我腦海中，也彷彿已經恭坐在畫布上了。」之後，我家的貓就開始當起吳昊的模特兒，畫家說：「我在此實習認識牠們的機會，如此，多次的寫生，終於啟動了我對貓的外在線條與內在奧祕之觀想。」

古今中外許多畫家都曾經以貓入畫，但對於吳昊來說，這也是挑戰性極高的素材，他說：「我希望以成熟洗練的技巧，去捕捉牠們不可思議的動感，用筆觸表達那深不可測的屬於貓的世界。」

享譽國內外藝壇的吳昊，在他六十歲那年，完成了第一張貓畫，除了公開作為我貓書處女作的封面外，在還沒有送到畫廊展出，就被捷足先登的收藏家訂走了，終至成了我唯一沒有收藏的「虛擬紀念物」。儘管日後吳昊的作品偶有出現貓的身影，但以主角入畫的這張貓作成了絕響。正如畫家一向揮灑絢爛魅惑的彩繪，在奔放中藏著細膩，拙稚中十足韻味，畫面看似繁複實則單純，景物既矛盾卻不衝突，這些特異風格，印證了畫家獨有的心象；

仔細觀察，這乳牛貓憑空佔據整個畫面，有如平面剪貼，這時小小的綠色蝴蝶，構成平衡角色，使作撲飛狀的貓霎時定住，時空停格，讓人發現栩栩如生的纖細皮毛，而感受著貓正對著你的深情凝視。

據科學家研究，貓之間的交流，靠的是身體語言和氣味，貓與人卻得仰賴語言、音調和臉部表情，所以主人應該經常降低自己的高度，蹲下來與貓說話，或者把貓抱在懷裡親暱，這樣貓才能通過面部表情理解人類的情感，當然，口頭語言是貓收集訊息最直接的反應，從人類語音、語調的高低、快慢頻率，感受憤怒代表壞事臨頭，溫柔意味著好事連連，貓便判斷當下環境，做出牠的處世原則。久而久之，貓甚至能懂得安慰與分享，這微妙的心靈交流，大概就是貓讓人迷惑不已的神魅力了。

畫家或許不必知道以上這些種種，乳牛貓表現的是動靜交集的幻象、是天真快樂的還原；貓與蝶共舞，揭開生命最自然的趣味，那是溫暖的陽光普照，是沒大沒小、沒有強弱的世界，是輕聲細語的互動……難道畫家有意莊周夢蝶，說的是貓不為人知的祕辛。

孤燈下的黃金貓

我有一個價值不菲的收藏品,是999黃金打造的一隻貓,坐在垃圾桶上。孤燈、獨貓,雪夜,時間冷凍,彷彿一切來到宇宙洪荒中。

多年來,這一幕情景往往讓我格外思念起那些葬在樹下泥土裡的貓們。孤燈下的黃金貓,其實就是我自己的投射與寫照。

黃金貓與孤燈是被安置在一個直徑11公分的水晶球裡,水晶球裡照例鋪有雪花,但是搖動球體雪花飄起時,幾乎朦朧一片,貓不見了,燈光也滅了。而觀看這些變化的我,卻如同身處球體內的茫茫世界,我想我能跟著貓隱身嗎?那閃閃發亮的金色光芒,最後從飄落的雪色中漫漫浮出,直到貓的身影完整出現,我才又回到現實,咀嚼失落寂寥的苦楚。

水晶球附帶的說明書上寫著:黃金貓重半兩,燈柱與桶子都是白金打造,雪花是貝殼與珍珠磨成的粉。我並沒被這些珍貴的東西嚇到,倒是,當我展讀英國詩人沃爾特・德・拉・馬雷(Walter

對我來說,黃金貓是難以承受之重。

水晶球內的貓，造型極簡、可愛。

John de la Mare ，1873-1956）的一首貓詩，感受到詩人特有的觀察力，正猶如這黃金貓守著孤燈的境界，我被震撼了。
這首詩的題目是：五隻眼睛（Five Eyes）

漢斯的三隻黑貓待在老舊的磨坊中，
看守豆子，以免老鼠偷襲，
捻著鬍鬚、磨著爪子，靜靜在黑夜中踞伏。
牠們的五隻眼睛又綠又亮，
聽到老鼠發自麵粉袋、任何地方的吱吱叫聲，
冷風吹著空蕩蕩的樓梯。
貓兒忽進忽出的追逐著老鼠，
當老漢斯沉入夢鄉，貓正揮舞尾巴，氣喘噓噓。
直到天明，
漢斯爬上破舊的老磨坊，
黑貓們也出來用餐……
捷可、捷斯雅、和獨眼龍吉爾。

敘述夜裡老漢斯的三隻貓在磨坊中克盡職守的過程；這三隻貓只有五個眼睛，因為其中有一隻是獨眼龍。詩人沒有托出獨眼龍的故事，但是從磨坊的環境可以反映出貓與主人都老了，他們彼此相依為命的生活，道出了人貓與共的不朽情愛。雪夜裡的貓，披著金光閃閃的記憶之衣，佇立在自己的風景中。

無處不在

早年，台灣書店裡能看到以貓為主題的圖像書，大都來自歐美的兒童繪本，後來，愛貓民族日本的出版界，在七○至八○年代發掘了很多「貓的插畫家」，這些畫家的作品，一開始就進軍「商品界」，並標榜以「生活雜貨設計師」為榮，產品概括吃喝玩樂的周邊，如餐具、服飾、文具、小家具、擺飾等等，書只是其中的一項。

但是，以「貓插畫」為題的書，在當時的台灣，多少帶動了如滾雪球般的哈日風潮，創造了一波波時尚流行。

其中插畫家吉澤深雪的書，應該是最早授權中文版的作者，她出生於一九六五年，我收藏她在台灣的第一本書《To Be 漂亮寶貝——洗澡魔法書》（中文版 1998 年），內容為作者熱愛的泡澡、洗浴活動，這是一本述說如何享受「洗澡時間」的健康小品，題材並不足為奇，不同的是書中搭配一群貓咪圖解式的插畫，驚豔書市。在出書的同時，作者也推出以十八隻貓為主角的「Cat Chips」系列貓咪雜貨，它們是青花魚、花吉、三毛、喬尼……

吉澤深雪筆下的 18 隻貓，至今發展出超過六百種的商品品項。左貓名叫：Pochi，右貓名字：Fransois

出現在杯盤、毛巾、明信片、月曆……舉凡吃的、用的、穿的、看的種種日用品，幾乎無處不在，這十八隻貓所組成的兄弟檔，當然也成了作者的代言人、傳聲筒，它們的毛色、神情、姿態、個性各有千秋，卻共同以「過著典型的貓生活」為座右銘，牽動著所有愛貓族的心。

二十年來，該系列的品項已發展出五六百種，並暢銷於世界各地，歷久不衰。

吉澤深雪後來還出版以手工自製、水彩手繪等「教學」為內容的書，凸顯在物資氾濫的現代，能不隨俗的經營「手作」樂趣，這和後來追求「慢活」風潮的價值不謀而合。

吉澤深雪的書，大都是文圖並茂，純繪畫的書不多，我手上的藏本只有一本《瞌睡村不可思議的馬鈴薯》。

內容描述住在西西島上瞌睡村的十八隻貓，在農作時挖掘出一株馬鈴薯，不料馬鈴薯的根不斷長出馬鈴薯，採收後成了一座山，貓咪為了消化這些馬鈴薯，於是開起「西西兄弟薯條」店；由於薯條的風味奇佳，來自各國的人搭船蜂擁上岸爭買薯條，把十八隻貓忙得連睡覺的時間都沒有。等到馬鈴薯用到最後一顆，貓咪欣然關門大吉，並把最後一顆埋進土裡，還歸天地……

吉澤深雪的中文版封面書影（1998，暢通文化）。

這是一個描述「付出」與「分享」的故事。吉澤深雪隨性揮灑的插畫風格，不乏幽默、笑點處處，但最終仍是著墨在作者所強調貓的美學與生活態度。

茶葉上有貓

能讓我眼睛一亮，停住腳步，仔細端詳的「貓題材」，那一定就是頻率相仿、心心相印的收藏逸品。最近偶然發現日本插畫家宮越曉子的貓作品，散布在林林總總的生活雜貨中，非常顯眼的專櫃就吸引了我的目光。

宮越曉子生於一九八二年，是年輕一輩的插畫家，就學時代已獲得「日產童話與繪本賞」優秀賞及佳作，二〇〇八年以《颱風來了》拿下「日產童話與繪本賞」繪本首獎，並於二〇一二年再獲「日本繪本大賞」。她的書在台灣只有兩本繁體中文版，所以大家對她不是很熟悉。

專攻「兒童繪本」的宮越曉子，這次意外的是以貓題材融入「商品」中，很是驚豔；日本插畫家的作品往往被商界延攬，打造出獨特的品牌，而一鳴驚人，這次引進的是餐桌用品、文具、裝飾小物、包包手袋、抱枕、手機套等等，共有兩組完全不同系列的風格呈現，一個系列是畫貓坐姿、跳躍動作，以及打呵欠的八款樣貌，以炭筆勾勒，表現粗獷土拙的線條，自然天成；另一系列

是精工細筆的彩繪，尤其以茶葉與眾貓交疊排列，最有新意。

圖中是我所收藏的一個水滴形狀「切板」，玻璃纖維製作，只適合切水果、蛋糕，但我愛上了那與貓們交疊排列的墨綠茶葉，我也捨不得使用，把它掛在廚房牆壁，每一抬頭就賞心悅目。

若非到茶園，我們很難得看見茶樹的葉子，我們定義的茶葉都是已經捻揉、發酵、烘乾來泡茶的「茶葉」，但是畫家把它一片一片還原放大，讓貓手扶緊貼在葉片上，難不成這些貓就是要模仿達摩祖師「一葦渡江」，或者在茶葉中捉迷藏……

寫實細膩又如夢幻般的圖像，引人進入想像的奇妙世界。

隱身在茶葉中的貓，每一雙
眼睛都在說：我在這裡啦。

我是貓

「我是貓，還沒有名字。」這是夏目漱石（1867-1916）的小說《我是貓》的開頭詞。

這隻沒有名字的貓，是小說主人翁苦沙彌在草叢中抱回家飼養的流浪貓。由於主人並未給予取名，故這貓只好自稱：我是貓。

不料，作者竟以這麼不被重視、不受寵愛、可有可無的貓，擔當起小說中最重要的主述者，讀者皆從貓所目睹的情事，得知人情世故的經緯與梗概，並聽從貓的議論批判，理解人類社會的汙穢。可以說，貓既是苦沙彌的化身，更是夏目漱石的良心。

苦沙彌是個窮書生，以教書為業，除了出門上課外，大都避居書房，他往來的朋友有美學家迷亭、哲學家獨仙、物理學家寒月。這些人經常來探訪，出入書房與主人翁高談闊論、爭辯與鬥智。在貓的眼裡，他的主人不滿社會一切的風尚，不屑於金權主義，頑固倔強而至鬧腸胃症，苦澀孤獨的他，不斷的以自我迎擊，以怒吼戰鬥。貓眼所及，就是揭露資本主義社會的醜陋現實，呈現

靜觀體察世間的貓，對人類發出諍言。

文明帶來的扭曲人性。

夏目漱石自己說過：「這部作品既沒有情結，也無結構，像海參一樣無頭無尾。」但書中這擬人化的貓，卻是有始有終，他在苦沙彌家總共生活了兩年，最後因偷喝啤酒醉昏而墜入水缸淹死。

沒有名字的貓，不僅聰明機靈，且相當正義感性，他的生活圈，除了苦沙彌家的各個廳房之外，還包括廚房、後院、茶園，他的貓友有高大體壯的車店老黑、新街二弦琴師傅的三毛子小姐。作者以詼諧的筆觸，透過這靈貓智眼，處處顯現滑稽突梯的人間世界，犀利的諷刺文明、辛辣的嘲笑市儈、幽默文人的清高怨懟，並權充偵探，不時潛入金田夫婦家以描述金權家的富裕不仁。

《我是貓》，奠定了夏目漱石在日本近代文學史上的崇高地位，貓受到藝術家的青睞自古有之，但如此以貓眼掃描人間、俯視社會，並以貓的價值觀對應人類作為，比如貓說：「主人的心就像我的眼球，不斷改變，幹什麼都不會長久，在日記裡如此擔心胃病，到外面卻一味的逞能，真可笑。」

「我不吃美食，所以並不特別胖，一直都很健康，沒有跛腳，平安度日。老鼠絕不抓。下女還是令我生厭，仍然沒有替我取個名字。可是，一旦多求，欲望便會無窮，所以我打算就以沒有名字

的貓在這教師家度我一生。」

貓的哲學在這小說中展現無遺，難怪這無名貓會歷久彌新，永垂
不朽。我所收藏的貓逸品，有一隻條紋的虎斑貓很稀有，他雙手
交疊的坐姿叫作「箱座」，這種坐姿是貓感受到環境或人都很友
善，甘於鬆懈安心的表現；因為搭手的關係，貓要快速起身有困
難，所以必然是估計沒有驚嚇的事件會發生。這「太平安逸的時
刻」，無需警戒防禦，把軀體化成箱子，穩坐四方，搭手拱禮，
眼觀無界。這是貓絕妙的身體美學。

經典湯姆貓

台灣最早出現的「湯姆貓」，是來自一九五三年米高梅出品的卡通片《傑利與湯姆》的主角，一隻被主人嬌寵、穿著藍灰色皮毛、名叫湯姆的家貓。他的對手是鄰居的棕色小老鼠，投機又精於算計的傑利鼠，往往把頑固又敏感易怒的湯姆惹毛，失去原先的優勢。

這個貓鼠大戰的卡通短片，每一集都從湯姆為嘗試抓到傑利的失敗開始，隨之而來的是造成對周遭的各式各樣破壞。有時是以他們融洽相處作為序幕，接著仍然免不了相互追逐、打鬥，發展出作者想要表現如搶食、爭寵、復仇、誤會、折磨、衝突、責任等等內容。另外一隻同名的「湯姆貓」，則是指一八六六年英國童書作家碧雅翠絲・波特（Helen Beatrix Potter）的繪畫書《三小貓的故事》裡的「湯姆」。他是個虎斑小男生，有兩個姐姐莫蓓與米唐。書中還有他們的媽媽泰比莎太太。

《三小貓的故事》於一九〇七年出版。這本繪本出版之前，波特已經因為《彼得兔的故事》舉世聞名了，一九〇二年至一九一二

湯姆貓的經典衣裝打扮。

年的十年間，「彼得兔」總共出版了五本系列集。《三小貓的故事》是單行本，內容講的是禮貌與規矩。儘管光芒不像《彼得兔》擁有三十幾種文字，發行世界各國，卻是很多愛貓族尋尋覓覓的收藏經典。一九〇六年，波特曾經在《三小貓的故事》之前，畫了一本《貓布丁的故事》，主角是她以前的寵物老鼠鬍子山慕和他的太太安娜，並設定他們定居在「丘頂」(Hill Top)，丘頂就是波特所買的農場。

《貓布丁的故事》以房屋內部的陳設為主要背景，《三小貓的故事》則以丘頂花園和庭院為背景，還會帶到村裡的鴨池塘、遙遠的荒野等。湯姆貓與姐姐在花壇與蘋果園蹦蹦跳跳鬧出意外的故事，給讀者很多想像空間，書頁裡的農場，有草原、花朵、灌木、昆蟲、飛鳥，雲彩、陽光，還有池塘、水鴨……這些大自然的景致，襯托出貓家庭的生動故事、令人愛不釋手、百看不厭。我後來看波特的傳記，她受訪時曾說：這是我最好的作品之一，也是我的最愛。

一百多年前田園風光的美好在波特的筆下，一覽無遺，而她所創造的湯姆小貓之鋒頭，幾乎與彼得兔齊名，不只在書頁裡，三小貓也在各種周邊產品出現，文具、玩具、飾品、糖果盒、都有三小貓代言的蹤影，其中最經典的無非就是「穿上衣服」的圖像。

糖果盒上，穿白色滾雷絲邊長圍裙的莫蓓（右）與米唐（左）。
《三小貓的故事》中文版書封（青林國際出版公司）。

孤獨的美學

古今中外的創作家，不乏將貓當作文學、音樂、繪畫、工藝等等
的發揮題材，在藝術殿堂上留下令人讚歎的印記。如法國詩人波
特萊爾（Charles Pierre Baudelaire，1821-1867）的代表作《惡之
華》中歌詠貓的美詩：

來吧，到我愛戀的心中，我美麗的貓。
藏起趾上鉤爪，
讓我沉溺於你那
金銀、瑪瑙輝映的魅力眼瞳。

近代如小說家海明威（Ernest Miller Hemingwa）、馬克·吐溫
（Mark Twain）等，也都有貓文章傳世，日本文學中，貓的出現
更是膾炙人口，夏目漱石在一九○六年發表處女作的《我是貓》，
以詼諧、諷刺口吻描寫貓眼所觀察的人間種種事態，此書一舉成
名，奠定了作家在文壇的地位。擅長描寫男女細膩情感的耽美派
大師谷崎潤一郎（1886-1965），在一九三五年發表的《貓與庄
造與兩個女人》，一隻名叫莉莉的貓夾在庄造與前後兩任太太以

及母親之間微妙的心理攻防戰，貓成了男子周旋三女之間恐怖平衡的砝碼。村上春樹的著作，雖然書名沒有提到貓，但很多篇章都有貓的蹤影，如《尋羊冒險記》中一隻名喚「沙丁魚」的貓，《發條鳥年代記》從貓的失蹤揭開小說序幕，《海邊的卡夫卡》中更出現一群會說話的貓；村上所經營的爵士酒吧店名甚至叫作「彼得貓」。台灣繪本作家幾米，除了以貓為主題的作品外，其

彈奏鋼琴的貓。

實很多圖畫的角落都隱藏著貓的身影，是細心讀者才會發現的驚喜。

以上這些作家在現實生活中，都是貓的溺愛者，移情之餘，文章中的貓皆具有善感、靈性的「人格」；音樂上，貓也不缺席，眾所皆知的〈貓兒遁走曲〉就是大師多梅尼科‧史卡拉第（Giuseppe Domenico Scarlatti，1685-1757）的作品，他將貓行走在鋼琴鍵上敲出的音符連接起來，成為這首樂曲的元素；歌劇大師羅西尼（Gioachino Antonio Rossini，1792-1868）有〈兩隻貓的戲劇二重唱〉，史特拉汶斯基（Igor Fyodorovich Stravinsky，1882-1971）的〈貓頭鷹與貓〉大家也都耳熟能詳；以「貓」為名的現代音樂劇，則是韋伯（Andrew Lloyd Webber）改編自英國詩人 T‧S‧艾略特（T. S. Eliot）的〈老負鼠的貓經〉（Old Possum's Book of Practical Cats）為主要架構，一九八一年在倫敦劇院首演，次年於紐約百老匯演出，都造成轟動、一票難求，並且歷經二十一年直到千禧年才落幕。我於一九九一年旅遊歐洲時，也到倫敦劇院朝聖，由於停留時間有限，只得選擇高價的包廂座位，還記得當時票價約合萬元台幣，為償夙願，也不在乎荷包失血了。

《貓》曾翻譯成二十多種文字，在世界各地巡迴演出，二〇〇三年在台北國家劇院演出二十二場，二〇一〇年再度來台，於小巨蛋、台南、高雄演出十五場。《貓》已經成了現代音樂劇的經典，

無人能出其右。

創作家們在各個時代接力為貓所塑造的形象，成就非凡、輝煌至極。多年前，當「食玩扭蛋」瘋狂流行期間，很多廠家也針對貓的美學，出品了巨細靡遺的設計玩偶，我偏愛擬人化的貓，收集了一些精品，其中凸顯閱讀與演奏的貓，惟妙惟肖，讓人感受到文學與音樂的境界，就是要在孤獨氛圍中才能真正領會品味。

這些「食玩扭蛋」貓，儘管材質都是粗糙廉價的塑膠，且大量生產，只是個隨手可丟的玩具，但對我來說，聚精會神看書與彈奏鋼琴的貓，是難得的孤獨代言者；貓展現的生活態度，正是創作的靈感與發源，難怪無論是作家、詩人、畫家、音樂家……貓就是他們心中的神祇。

歌川國芳的貓畫

二〇一二年十月，位於東京的 PIE 出版社（註：日本藝術類、設計類專業圖書出版社），發行了浮世繪大師歌川國芳（1798-1861）的貓書《貓與國芳》。作者是現任日本府中市美術館的資深館員金子信久先生，他是研究江戶時代繪畫史的專家，已出版相關著作多冊，每一年還負責策劃與執行江戶繪畫的展出，二〇一〇年，大型的歌川國芳展覽，展出許多幅貓畫，似乎正是他下一步的伏筆與預告。

果然，他這次針對歌川國芳與貓的鑽研書寫，並收錄了連同畫家在世未曾公開的「貓畫」，共三百五十二隻，如此豐富厚重的內容，令讀者欣喜若狂。這是日本出版史上的大事，授權的全球十個國家也同時出版上市，以饗世界各地的讀者與愛貓族。如此具有收藏價值的貓書，我豈能錯過，越洋買到了第三刷，書中日、英對照，全彩精印，可惜台灣沒有中文翻譯本，閱讀有困難，專家的論述只能一知半解。

浮世繪，也就是日本的風俗畫、版畫，是江戶時代（1603-1867）

我所收藏的金子信久著作：《貓與國芳》之封面書影（2012）。

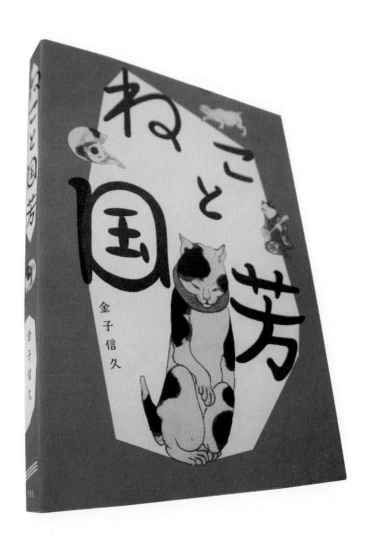

年間，也稱德川幕府時代）興起的一種民族藝術，主要描繪庶民日常生活、風景和演劇。

歌川國芳，號一勇齋、朝櫻樓，江戶時代人，早年師從歌川國直，一八一一年為版畫家歌川豐國收為弟子，擅長以日本民間文學和傳說故事創作。一八一四年取名「歌川國芳」出道，以畫山水、美人、武者、貓等傳世，一八二七年更以「水滸傳一八〇豪傑」為題，奠定了浮世繪歌川派晚期大師的地位。

有關歌川國芳愛貓的故事流傳甚廣，他飼養大批的貓，長年跟多貓一起生活，即使在工作坊作畫，也是貓不離懷，甚至會為貓舉行葬禮，冠上死後的戒名紀念。他把貓視為家人，很多擬人化的貓畫就像為家人畫的肖像，展現了獨門的「貓人」趣味。除了以貓為主角的畫作外，其他主題的畫裡也都少不了貓的身影陪襯或點綴，貓簡直就是歌川國芳的「品牌」、「標誌」。

《貓與國芳》應是集歌川國芳貓畫大成之書，可以說空前絕後了，每一幅畫中都藏著畫家不為人知的祕密，靠作者金子信久將伏筆一一拆解、還原江戶時代的社會習俗與民間生活，抽絲剝繭的詮釋了國芳筆下的貓之魅力，讓經典永恆流傳。

《貓與國芳》之內頁。

貓的名畫

有一種繪畫,以「名畫」為藍本,如大家熟悉的「印象派」,但畫中人物,卻是穿著人類服裝的「直立貓」,儘管出現貓臉、貓身體、貓尾巴,可是神情、姿態、動作無一不跟原畫人物神似,形成一幅令人莞爾的幽默「畫」面。

這種畫在歐美風行甚久,畫家被譽為「貓藝術家」,每年都會展出新作,並在各大城市巡迴展出,以饗貓迷與粉絲。儘管它非原創的「模仿畫」,卻需要有相當資歷與技巧的畫家才能勝任,不僅要讓幾世紀前的名畫場景復活,替換的貓也要比擬原畫人物,活靈活現、惟妙惟肖,我相信畫家本身若不是愛貓族,是做不到這樣的境界。

英國畫家蘇珊・哈柏特(Susan Herbert)是當代最具代表性的貓藝術家,她生於一九四五年,高中時代就開啟了美術教育。她回憶十三歲時,熟讀莎士比亞的作品,簡直像被附身一樣的著迷;她的故鄉華威郡(Warwickshire)距離莎翁的出生地很近,當地就有一座皇家歌劇院,每逢週末她一定跟姐姐去看戲,十八歲學

蘇珊・哈柏特一九九〇年出版的畫冊,以「蒙娜麗莎的微笑」做封面。

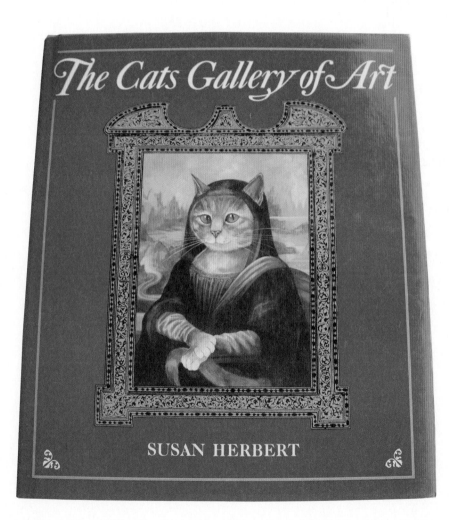

The Cats Gallery of Art

SUSAN HERBERT

校畢業後，她的志向就是選擇在這座劇場工作，後來，劇場搬遷到倫敦，她也跟著去，並趁此機會進入牛津大學短期深造。

從小就是碧雅翠絲‧波特（繪本《彼得兔》作者）書迷的她，前後十二年埋身在劇院努力作畫，題材不外是歌劇演員、芭蕾舞者，以及一系列的動物，其中貓是她的最愛。當時，她的畫作就在劇院的門廳發表展覽，獲得相當喝采與好評，把貓置換到名畫中的構想也就在這時候誕生。

八○年代，蘇珊‧哈柏特成為專業畫家，作品並印刷成卡片、海報，乃至於書籍出版，果然引爆了貓迷瘋狂的搶購，於是她進軍美國，也成功擄獲了收藏家的痴愛，一九九五年畫作來到日本巡迴展出，不但開拓了東方市場，同時打開了國際知名度。日本是世界第一愛貓民族，當然也不乏「貓藝術家」，當時最知名的貓畫家直江真砂，早在一九八六年就出版「貓的王國美術館」，內容亦是貓的名畫。當西方遇見東方，儘管風格與技巧各有不同，相互激盪與融合後，想必雙方將更上層樓。

蘇珊‧哈柏特的畫作，除了「名畫貓」外，還有「文學貓」，如取材自《紅帽子》；「歌劇貓」，如取材自莎士比亞；「聖經貓」，如取材自聖經故事；「電影貓」，取材自經典電影，更有英國皇家人物，如維多利亞、伊莉莎白一世、亨利八世等；中世紀貓的

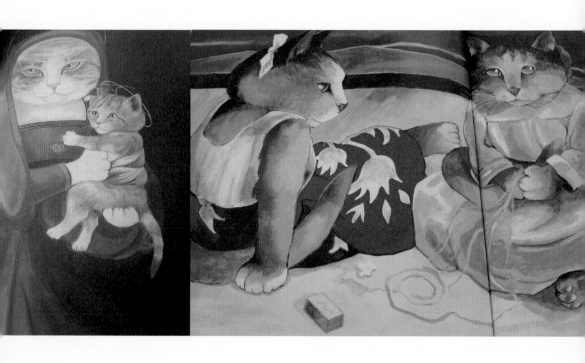

「聖母抱嬰圖」與保羅・高更的「沙灘上的大溪地女人」。

Susan H.

生活、裝扮，西方藝術史貓，拉斐爾前派貓等等。

畫家本來就有深厚的「戲劇」基礎，她看過所有知名演員精采的演出，可以說，文學於她不但嫻熟，還是生活的全部呢。所以這些並不是模仿畫，而是她深入研究、精心揣摩的世紀創作。

有如穿越劇一般，她進出人類文明的各個時代，空前絕後的以貓置入其間表現，帶領觀眾回顧並凝視人類的歷史。

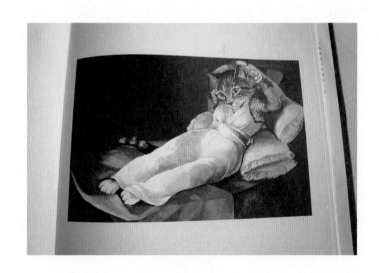

文森・梵谷的「自畫像」。

浪漫派畫家戈耶的「穿衣服的瑪雅」。

埃及貓

我的第一本貓書著作，是在一九七五年出版，內容收集了以貓為題材的短篇小說，其中以連載於《聯合報》副刊七日的〈少女與貓〉為書名，這一篇作品算是我步上作家路的奠基之作。然而，真正進入「貓美學」的研究堂奧，且有了些許心得，那已經事隔十六年，第二本貓書問世的時候。其中最大的關鍵，在於一趟歐洲的行旅。

那是台灣解嚴（1987年）後，報禁於一九八八年開放，報紙內容增張，處處廣增人才，我隨著這股潮流應聘到新單位，從原本採訪記者的角色轉進編輯台，成為幕後的籌劃人。職務異動，讓我拓展視野，接觸更多元的社會脈動。三年後，我覺得應該要充電，便請辭求去，沒想到這

個轉折促成了我日後陸續完成許多「貓事大業」，包括成立「愛貓族聯誼會」組織、發行《MAO貓雜誌》、訂定「台灣貓節」向世界發聲，以及截至目前出版的二十本貓著作、收藏貓書六百多本、典藏貓逸品千件。

當時本只是計劃去採訪我長篇小說主角人物的軼事，不料在德國認識姐姐的愛貓朋友，她係家傳的「巫師」身分，懂天文地理，更能與動物溝通交流，長久以來，她從事著家居附近的流浪貓觀察，利用戶外餵養進行貓隻生態、社會的追蹤記錄。我受邀在她的葡萄園別墅停留了一週，每天跟著她進入森林走山，她會問候沿路遇到的昆蟲、鳥類，貓啊狗啊聞聲出現，繞著她跑跳，十分興奮。這些景象奇異得令我

驚呼連連，這位巫師完全融入友善和平的大自然，帶領我認識世界上物種生命的真諦。

之後，我前往英國倫敦，在這個城市我欣賞了韋伯的音樂劇《貓》（當年尚未到台灣演出），走進位於查令十字街號稱世界最大的書店「Foyles」裡，目睹偌大的一個樓層陳列的各種語文、各種類型的「動物書」，其中貓書就佔據了一半書櫃，應該有幾十萬本之多，令人歎為觀止。當然，最多時間則花在進出「大英博物館」的館藏觀賞，尤其是「埃及館」，除了有關埃及的殯葬文化、多具皇家法老的「木乃伊」陳列外，竟然還闢專室展出埃及人膜拜貓神的時代所製作的「木乃伊貓」。

埃及的貓崇拜

埃及人應該是貓的第一個人類伴侶，同時也是第一個崇拜貓的民族。這可能是因為貓可以驅除農作物的害蟲，促進經濟繁榮之故。另一方面，貓潔淨而優雅，令人感到神祕，甚至眼睛散發出翡翠、水晶、寶石般的光芒，這些貓的生理特性使得牠被視為神的完美「化身」。

貓敏捷的身手，能在瞬間消失無蹤，彷彿未曾出現一般，常使人類聯想到超自然現象，引起不同揣測，另一方面也帶來恐懼，於是，埃及人視貓為神，不但飼養貓，更憐愛、尊敬牠。貓出現在埃及文明最早可追溯到西元前三千年。最初是一位名叫貝斯特的女神，牠有著貓首和女人的身體，代表著豐收、喜樂與美麗，牠同時是太陽神的女兒、妻子，也是死亡之神的女兒、妻子，因此又代表了太陽、月亮與光明。

青銅貓像的復刻版。

埃及人相信這位貓首女神會帶給人們幸福，連帶的尊貓為神，並加以膜拜。貓褪去任性、不易親近的外衣，以守護神的姿態進入人類生活，最後貝斯特女神塑像的人身也轉為貓身，成為歷史上第一個純粹貓形的女神，進而逐漸發展出貓的禮拜儀式。

貝斯特的禮拜法相當嚴謹，殺死貓的人，得接受死刑。虔誠的埃及人哀悼貓的方式，是剃掉自己的眉毛，在公共場合哭泣、搥胸跌腳，並為貓建館立碑作為紀念。在埋葬方面也有一定的規矩，飼主會將貓做成木乃伊，把貓纏上彩色的繃帶，放置在寬敞而華麗的石棺中，甚至以金箔裝飾木乃伊，有的飼主還會在棺木中放置許許多多陪葬品，包括防腐處理過的老鼠、牛奶，以作為牠們前往陰間路上的食物，證明了埃及人相信貓死後也有來世，因此必須「事死如事生」。

埃及人對貓的崇拜在第二十二王朝時代到達頂峰，一八九〇年，一個古代貓公墓在古埃及城市巴提斯被發現，大約挖掘出三萬件保存良好的木乃伊貓，可惜當時許多人認為木乃伊是不錯的肥料，因此幾乎所有出土的木乃伊貓無一幸免。同一時期，貓像的製作隨之流行，貓像原本是為木乃伊貓毀壞後的貓靈移住的準備，為數眾多的青銅貓像、木製、石製的貓像，輾轉成了博物館、收藏家蒐集的雕像。

有幸在初訪這座人類文化遺產最多珍藏的「博物館」時，巧遇「埃及木乃伊貓」

埃及木乃伊貓表現了纏繞藝術。

講座，為了聆聽這場難得的解說，我還延遲歸國的時日。一切可說是美麗的緣分。一九九一年的歐洲行，啟蒙了我對於貓文化探索的決心，幾十年來，努力宣揚與傳遞貓的美學一直是我的使命。

兩千歲的藍釉貓

打開世界貓咪圖鑑，上面所記載的「埃及貓」，無論哪個年代以人工培育的品種，牠們的外型與斑紋都與幾千年前埃及墓室壁畫所描繪的貓非常相似。「埃及貓」因而是具有歷史意義的貓種，藍釉貓的「與眾不同」，則除了顯示當時工藝超群之外，也印證了貓早在紀元前就與人類社會關係緊密。這樣顛覆具象的藝術，一定是最早的抽象概念，幸運的是，博物館成功的仿作複製，更等同記錄了貓在人類文明中的歷史地位。

這隻有黑斑點的藍色貓偶，有人誤以為是「豹」，其實是不折不扣的「古埃及聖貓」塑像。仔細推敲起來，這貓還真是四不像，頭身比例不稱，兩耳招風、眉眼像人、短尾、手腳有蹄，或站或臥姿態怪異……樣樣都缺少貓的真相，倒是來自強烈藍黑對比的釉色、突破擬真的造型，卻也洋溢了別具風格的美感。不僅如此，揭開貓偶的身世，可真是不得了，它是羅馬時期（一世紀）非常珍貴的埃及藍釉陶瓷製品；我擁有的這個收藏，當然不是真跡，而是倫敦大英博物館仿自兩千多年前的複製品──該博物館眾多複製品項的傑作之一。

大英博物館仿羅馬時代「埃及藍釉貓」的複製精品。

貓神的項鍊

最近收藏一組埃及貓神的塑像，三隻大小一套，形體就是大家熟悉的貓收併四肢之立姿，由於材質為樹脂壓模塑成，算是廉價的量產之物，但由於塑像上漆後，又彩繪了華麗的頸飾，格外表現出古埃及的神祕氛圍。

貓被取名為「貓」是很久以前的事，根據埃及學者解讀第五、六王朝石碑上的象形文字所得，公貓是根據 miu，母貓是根據 miut 的發音而來。以後演變成公貓發成 mau 的音，這與西方的 miau 和中國的 mao 音類似。由此可以確定，四千年前，貓已經在尼羅河畔定居，並被馴化成家貓。我在一九九三年出版的貓雜誌，就是採用「MAO」當作雜誌名稱，紀念悠遠歷史中人與貓的文化傳承。

歷年來，我陸續收藏了七件貓神塑像，大大小小都是翻銅品，每一件都有重量，這

次的三件逸品高大卻輕，但陳列起來仍有震攝四方的神氣，塑像全身漆黑，只在貓耳的內渦有金色紋樣，以及象徵藍色寶石與金飾編織的頸項佩戴。

以貴金屬與半寶石鑲嵌製成的首飾，是古埃及人穿搭不可缺少的飾物，無論是法老、貴族、平民、百姓都會配戴，神獸當然更不可少。首飾更被認為是護身符，從戒指、項鍊、手環、腳環，到衣服、鞋子、頭巾、帽子，此外，死者的陪葬品也以首飾代表「來世」的信仰證物。很多貓神塑像都有「耳洞」，這是埃及人的傳統，但其實耳環在新王國時期之前才進入埃及，是埃及社會最晚流行的飾物，所以從貓耳洞的有無，可推測塑像年代的早與晚。

通常，貓神的耳環都是黃金打造的圓環，倒是頸項的首飾，就繁複與多樣了，一種緊扣領口的胸飾項鍊，是埃及最具代表性的首飾，樣式有點類似中國服飾中的「雲肩」，鍊子再鑲嵌成串，有三層、四層或

更多，並且在胸口處再設計一個大大的
「垂飾」。最初這只允許皇族佩戴，象徵
權力和身分，後來成為男女老少都崇尚的
流行樣式。

貓神的項鍊真的有如穿搭一件「雲肩」，
由藍寶石編串而成，金光閃閃，襯托出
貓神的高貴靈氣。大概為了表現「雲肩」
的華麗所致，貓神的身形線條明顯修長許
多，從側面看，貓頭與身體的比例大概是
「十頭身」，小小貓臉有尖嘴，類似狐狸，
其中佔了兩頭身的頸項，則與「花豹」的
身形較為接近，不知這種設計是否有考據
的來源，不過，無論如何，並不影響人類
對貓神的無限想像。

貓神配戴的項鍊，有如穿
搭一件華麗的「雲肩」。

貓物語

貓的天職就是遊戲與睡覺。

薛慧瑩

看到幾隻貓躺在屋頂曬秋日暖陽，
驚覺自己日子過得太匆忙，都快忘記
生活的滋味。

心岱

貓的字典沒有「勤勞」「工作」條目，
無所事事、遊戲人間、打盹、睡覺……
這就是貓的哲學。

貓物語

抱貓，享受牠如陽光的溫暖，如海水
的柔軟，還有牠呼應你的無限愛意。

薛慧瑩

每次看到眾多朋友在網路上分享的
貓照，得到的結論就是哪裡暖和，
哪裡舒服，貓就在哪裡。

心岱

享受派的貓，崇尚的是心暖、體暖，
牠們需要人類愛的眼神，說話聲調、
肢體動作也都要合乎溫柔爾雅。

貓物語　　貓是只接受安適，拒絕家累的明智者。

達姆

夏天，市場裡的貓總是慵懶洋洋的身躺在攤位的平台上，即使餵食者來了，都沒有起身的意思。時常慵懶洋洋躺著的我，充分理解牠們。

心岱

熟悉的環境、熟悉的氣味、熟悉的聲音、熟悉的動靜與人們……這些存在也許都不存在，貓這樣認為，就這樣伸伸懶腰，躺著。

心岱歷年的貓活動

1992.4

事件｜創辦並主持：愛貓族聯誼會」
宗旨｜調查貓種、貓隻數量、養貓人等資料
目的｜發動「愛生教育」
備註｜台灣第一個愛貓族的組織

1993.4

事件｜發行、主編：《MAO 愛貓族》雜誌
宗旨｜以文字串連愛貓族的感情
目的｜推廣「貓美學」
備註｜季刊發行，免費贈送會員

1993.10

事件｜發起「台灣貓節」全民票選活動
宗旨｜認同「台灣貓」
目的｜強調「土貓」的珍貴

1994.6

事件｜舉辦愛貓族下午茶會
宗旨｜凝聚會員感情
目的｜交流愛貓心得

1995.4

事件｜「心岱辦桌」：
於台北 SOGO 忠孝店 12 樓文化館，
舉辦聯誼會 2 週年慶祝大會

1996.5

事件｜依會員選票，訂出「台灣貓節」為每年 4
月 4 日。成立「台灣貓血源研究室」，由獸醫作
家杜白參與合作
備註｜貓即孩子，「貓節」與「兒童節」同日，
意義非凡

1996.7

事件｜與「國語日報」「中華日報」「幼獅少年」
等媒體舉辦貓徵文
宗旨｜擴大宣傳，鼓勵學子愛護動物
目的｜鼓勵書寫與貓的互動經歷

1996.8

事件｜與「台中全國動物醫院」舉辦「關懷生命、
溫馨造型」貓選美活動
宗旨｜鼓勵參與愛貓護貓活動
目的｜發現「貓美學」

1996.9

事件｜舉辦「貓狗一家親」，聲援流浪犬貓晶片註記、絕育、認養活動

1997.4

事件｜貓節元年，第一屆「台灣貓節」在「誠品敦南店」揭幕；另有「心岱貓藝品收藏展」、「貓攝影展」、「世界精選貓書大展」、「貓日嘉年華會」、「畫貓高手全民總動員」等活動陸續上場
宗旨｜向國際發聲
目的｜推廣「貓文化」與「生活美育」
備註｜與台北市政府文化局、誠品敦南店合辦

1998.1

事件｜成立「愛上一隻貓」網站
宗旨｜嘗試進入網際網路世界
目的｜跟進趨勢
備註｜結束紙本《MAO》雜誌的發行

1998.2

事件｜「虎年看貓」從台北三越百貨巡迴至桃園，舉辦「心岱貓藝品收藏展」、「貓氏宗親會」及「心岱演講會」
備註｜新光三越百貨文化部邀請

1998.4

事件｜第二屆「台灣貓節」活動開始，「心岱貓藝品展」、「世界貓書大展」
備註｜與誠品敦南店合辦

1999.4

事件｜第三屆「台灣貓節」活動開始，「心岱貓逸品展」、「世界貓書大展」
備註｜與誠品信義旗艦店合辦

2006.3

事件｜「台灣貓節」十週年慶祝大會，及「《貓，我們的同居愛人》新書出版、大型記者會
宗旨｜公布台灣貓血源蒐集之數據資料
目的｜由杜白醫師公布「台灣貓」為「虎斑土貓」
備註｜行政院農委會、台北市政府文化局、誠品信義店合辦

2007.5

事件｜《貓的神祕學》出版上市，在「誠品信義店」舉辦「心岱貓藝品收藏展」及「世界貓書大展」、「心岱演講」
宗旨｜推廣貓美學
備註｜與誠品信義店合辦

心岱的貓書著作

1975

書名｜少女與貓
類別｜短篇小說
出版社｜皇冠

1995

書名｜1996 群貓譜
類別｜攝影
出版社｜MAO 雜誌

1997

書名｜家有寵貓
類別｜兒童文學
出版社｜台灣省政府教育廳中華
　　　　　兒童叢書

1991

書名｜貓的情事一二件
類別｜筆記書
出版社｜漢藝色研

1996

書名｜MAO
類別｜筆記書
出版社｜躍昇文化

1999

書名｜工作的貓
類別｜貓逸品收藏
出版社｜PCoffice

1992

書名｜貓事件
類別｜散文
出版社｜皇冠

1996

書名｜遇見 12 星座貓咪
類別｜散文
出版社｜時報文化

1999

書名｜溫柔夜貓子
類別｜散文
出版社｜時報文化

1992

書名｜貓迷說—
現代實用寵物學
類別｜散文
出版社｜時報文化

1997

書名｜戀貓誌
類別｜收藏雜誌
出版社｜Beauté

2000

書名｜貓咪博物館
類別｜散文
出版社｜城邦貓頭鷹

2002

書名｜貓的秘史
類別｜散文
出版社｜愛麗絲書房

2006

書名｜貓，我們的同居愛人
類別｜散文
出版社｜聯合文學

2007

書名｜貓的神祕學
類別｜散文
出版社｜聯合文學

2008

書名｜貓山貓海
類別｜散文
出版社｜聯合文學

2009

書名｜貓迷夢想專賣店
類別｜散文
出版社｜野人文化

2012

書名｜咕嚕咕嚕貓樂園
類別｜漫畫編劇
出版社｜文房社

2013

書名｜飛行貓奇幻之旅
類別｜兒少小說
出版社｜小魯

2014

書名｜貓事大吉
類別｜散文
出版社｜時報文化

2015

書名｜貓物手帖
類別｜散文
出版社｜聯合文學

2017

書名｜貓派
類別｜散文
出版社｜遠流

2018

書名｜貓天下
類別｜散文
出版社｜大塊文化

貓天下 / 心岱著 . 葉懿瑩、薛慧瑩、達姆繪圖
-- 初版 . -- 臺北市 : 大塊文化 , 2018.04
面 ; 公分 . -- (catch ; 238)
ISBN 978-986-213-876-2(平裝)

855   107003209

LOCUS

LOCUS

LOCUS

LOCUS